AF290831

Flug der Herzen
Gay Romance Sammelband
Alisa Kervano

© 2023
likeletters Verlag
Inh. Martina Meister
Legesweg 10
63762 Großostheim
www.likeletters.de
info@likeletters.de

Autorin: Alisa Kervano
Bildquelle: Midjourney

ISBN: 9783946585589

Teilweise kam für dieses Buch künstliche Intelligenz zum Einsatz.

*Dies sind frei erfundene Geschichten.
Ähnlichkeiten mit real existierenden
Personen sind zufällig und nicht
beabsichtigt.*

Inhaltsverzeichnis

Zarter Schmetterling

Kapitel 1

Der Geruch von süßem Weihnachtsgebäck und abgestandenem Kaffee war selbst an der Pforte noch präsent.

Die heiteren Stimmen der Mitarbeiter und ihrer Familien, die der Weihnachtsfeier zugesagt hatten und sich überwiegend im großen Festsaal der Villa Berberich versammelt hatten, um das vergangene Jahr in Form eines Betriebsfestes gebührend feiern zu können, verstummten zunehmend.

Der Sprössling der Gastgeberfamilie, Sascha Flemming, suchte in der Zwischenzeit die Toilette auf, in der er, entgegen aller Annahmen, lediglich Schutz vor Desiré Flemming suchte, seiner Mutter.

Das LeVin Flemming hatte mit den Jahren einen guten Ruf erworben und durch die wirtschaftliche Expansion in Frankreich, England und vielen deutschen Großstädten, waren nicht nur der Umsatz und die Stellung in der Unternehmer- und Medienwelt gestiegen, sondern auch die Zahl der Mitarbeiter und ihrer Führungskräfte.

Demnach war die Anzahl an Menschen an dem besagten Tag alles andere als bescheiden.

Genau so wie der unterschwellige Konkurrenzkampf, bei dem Sascha jedes Mal Mühe hatte, nicht mit den Augen zu rollen, wenn ihm wieder einer dieser Schlipsträger begegnete. Denn aus irgendeinem Grund glaubten die Leute tatsächlich, dass er einen Einfluss auf die Entscheidungen seines alten Herren hätte.

Das marmorierte Badezimmer betretend beugte er sich heftig ausatmend über das Waschbecken, um zur Ruhe zu kommen. Sascha hasste große Veranstaltungen.

Er war zwar alles andere als schüchtern, aber das bedeutete noch lange nicht, dass er sich gerne unter diese Leute mischte. Und vergleichen sollte man ihn am besten gar nicht mit ihnen.

Allein der Gedanke, den Laden eines Tages übernehmen zu müssen, ließ ihn sauer aufstoßen. Er konnte es immer noch nicht fassen, dass er sich überhaupt darauf eingelassen hatte.

Er war Künstler!

Wie zum Teufel konnte er innerhalb eines halben Jahres auf die Verkäuferschiene rutschen?

Er hasste Wein.

Und das schon seit fast zehn Jahren!

Deshalb konnte er die Hingabe seiner Eltern für diesen vergorenen Saftladen auch überhaupt nicht nachvollziehen.

Jedes ihm aufgedrängte Meeting war ein Grauen. Die Verhaltensweisen der Geschäftspartner wirkten gekünstelt, die Gesprächsthemen waren meist überschaubar und eintönig und jede Sitzung war buchstäblich ein Kampf gegen die Müdigkeit.

Er seufzte, nahm Haltung an und richtete den Kragen seines bordeauxroten
Hemdes.

Er trug an die dunkle Krawatte angepasst eine ebenso dunkle Stoffhose. Die
kurzen rabenschwarzen, sonst immer
sehr voluminösen Haare, waren gegellt
und nach hinten gekämmt.

Der junge Mann war eigentlich recht
zufrieden mit seinem Aussehen. Nur
die Farbe seiner Augen störte ihn ein
wenig. Statt die grünen Augen seiner
Mutter, hatte er die dominanten zartbitterfarbenen Augen seines Vaters
geerbt, genau so wie den dunklen,
bronzefarbenen Teint, der einen
osmanischen Hintergrund andeutete.

Den kaum erkennbaren Kinn- und
Lippenbart, der ihm bereits in den
frühen Morgenstunden im Spiegel
begegnet war, hatte er nach langem
Überlegen nicht abrasiert. Er würde
niemanden stören, dachte er. Am

wenigsten diese profitgierigen Säcke da draußen.

Im Großen und Ganzen hatte er sich sehr fein herausgeputzt. Nur war der eigentliche Anlass dafür nicht die Weihnachtsfeier gewesen, sondern sein achtzehnter Geburtstag.

Der Tag, der aus dem reservierten Minderjährigen einen stolzen, ernstzunehmenden Erwachsenen machen sollte.

Da die Villa zum geplanten Zeitpunkt jedoch belegt war, hatte man das ‚unausweichliche' Event einfach mit seinem Geburtstag übereinandergestapelt.

Als Sascha davon mitbekommen hatte, hätte er platzen können vor Wut.

Er hatte alles geplant gehabt. So viele Leute eingeladen. Und dann kam sowas.

Und als er versucht hatte den Tag zu retten, indem er sich unter seinesgleichen gemischt hatte, musste er von seiner Mutter belagert werden, die ihn seit gut zwei Stunden durch die Villa schleifte, um jedem zu zeigen, was für einen klugen und charmanten Sohn sie doch hatte.

Es war einfach nur zum Fremdschämen.

Dabei war sie gar nicht so stolz auf ihn, wie sie immer behauptete. Die meiste Zeit nörgelte sie nur an ihm herum.

Sie hatte überhaupt keine Ahnung, wer er war, und schon gar nicht, was ihn auszeichnete. Sie hatten sich mit den Jahren spürbar auseinandergelebt und der Weinhandel war mittlerweile das Einzige geworden, was die Familie zusammen hielt.

Und er wünschte, es wäre ihm egal.

Doch das war es nicht.

Als er wieder im Festsaal angekommen war, fiel sein Blick auf den zweiten Büffettisch, der zu einer Weinkosttheke umfunktioniert wurde. Auf dieser standen angefangen von den zwei duzend

bauchigen Gläserpaaren für den Rot-
wein, auch noch einige Sektgläser und,
für die besonders Experimentierfreu-
digen unter den Gästen, auch ein paar
kleine Gläschen für exotische Liköre.
Eine kleine Gruppe von gestriegelten
Männern in weißen Hemden standen
davor und debattierten angeregt die
Qualität der einzelnen Jahrgänge. In
ihrer Mitte sonnte sich ein großgewach-
sener Mann in einem schwarzen
Anzug.
Marik Flemming war der geborene
Gastgeber. In den vielen Stunden des
Beisammenseins war er stets bemüht,
hier ein Glas nachzufüllen und dort
eine Unterhaltung wieder in Gang zu
setzen. Dabei hielt er sich weder allzu
lange im Zentrum, noch fiel er aus der
Reihe.
Sein ausgeprägtes Fachwissen und sein
Charisma hatte selbst in der belang-
losesten Situation eine so starke Aus-

sagekraft, dass sie die klügsten Köpfe zum Zweifeln brachten.

Diese Gabe nutzte er nicht selten zu seinen eigenen Gunsten. Und niemand hatte das in den vergangenen Jahren so intensiv zu spüren bekommen wie sein Sohn.

Nichtsahnend erwiderten seine Gäste die Gastfreundschaft ihres Vorgesetzten mit einem ungezwungenen Lächeln und viel ausgesprochenem Verständnis für seine Sichtweisen.

Selbst die verschlossenen Hausfrauen, die ihren Männern lediglich als ästhetischer Ausgleich zu dienen schienen, blühten in seiner Gegenwart auf.

«Sind die Gemälde neu? Ich meinte, hier hing mal das Bild von der Pforte aus dem Jahre 1892.»

Die neugierige Bemerkung weckte schlagartig die Aufmerksamkeit des jungen Mannes und er sah an einem turtelnden Pärchen vorbei und damit direkt auf die beiden großen Männer, die an ihren dunkelblauen Anzügen fummelten, darunter auch sein Vater. Der Wein vom Kostprobenstand hatte seinem faltigen Gesicht eine milde Röte verpasst und mit freudiger Stimmung wandte er sich dem Gemälde über dem Büffettisch zu.

«Meine Frau und ich haben hier einige Bilder unseres Sohnes aufhängen lassen. Der Junge ist heute stolze achtzehn Jahre alt.»

Er strich sich gedankenverloren über den schwarzen Schnurrbart.

«Das Gemälde hatte er im Frühjahr letzten Jahres gemalt. Wenn ich mich noch recht erinnere, hat es sogar einen Preis gewonnen. Auch, wenn er damit nicht viel anfangen konnte». meinte sein Vater lachend und kippte den Restinhalt seines Glases in sich.

«Er war im Herzen schon immer ein kleiner Picasso gewesen. Apropos Sohn. Da ist er auch schon. Sascha!», hörte er den kräftig gebauten

50-Jährigen rufen und verkrampfte sich schlagartig.

Er war immer noch sauer und wollte ihm, als Dank für dieses lieblose Fest, ursprünglich aus dem Weg gehen.

Er zögerte einen Moment, in dem Gedanken den Tauben spielen zu können, setzte sich dann aber doch in Bewegung, als er merkte, wie der Blick seines Vaters sich zunehmend verfinsterte.

Ein zaghaftes Lächeln breitete sich auf dem Gesicht des Dunkelhaarigen aus, während er langsam in ihre Mitte trat. Er schüttelte die Hand des Gastes so selbstsicher wie die eines Bekannten.

«Erst einmal herzlichen Glückwunsch junger Mann. Ich wünschte, ich hätte die Chance, nochmal so jung zu sein wie Sie», meinte er lachend und erwiderte den Handschlag.

«Sie erinnern sich wahrscheinlich nicht mehr an mich. Mein Name ist Klaus Lindner. Ich bin für die Außenstelle in

Hamburg verantwortlich», meinte der Gentleman und reichte dem Sprössling anschließend ein gefülltes Weinglas, als wäre es das Selbstverständlichste auf der Welt.

Er war einen halben Kopf kleiner als sein Vater und hatte eine runde schwarze Brille auf der Nase. Nachdem er mit Sascha angestoßen hatte, nippte er an seinem Château Haut-Brion und neigte seinen Kopf anerkennend in Richtung des Gemäldes.

«Ich bin zwar kein Profi, aber ich finde diese abstrakten Farbverläufe einfach nur einmalig. Bei der Pforte hängt so ein ähnliches Bild und ich bin mir fast schon sicher, dass es ebenfalls von Ihnen ist.»

Sascha bedankte sich und musterte, seinen Frust unterdrückend, das Gemälde.

«Ja, die Bilder sind beide von mir.»

Herr Lindner nickte zufrieden. «Und da soll mir doch einer sagen, ich hätte kein

Auge für sowas.», meinte er lachend. «Das Bild an der Pforte hat mir so sehr zugesagt, dass ich es gleich meiner Tochter schicken musste. Sie ist auch sowas wie eine Künstlerin, allerdings eher im digitalen Bereich.»

Sascha zeigte sich seiner Position entsprechend fast immer sehr bescheiden. Doch jetzt konnte er den Stolz und die Zufriedenheit, die damit einhergingen kaum unterdrücken.

«Ich hoffe, die Welt kann auch in Zukunft noch von Ihren künstlerischen Fähigkeiten profitieren.»#

Der junge Mann ließ etwas Luft zwischen seinen Lippen entweichen und senkte einen Moment bedrückt den Blick.

«Nein, ich… » Er lächelte bedauernd.

«Ich fürchte, meine Tage als Künstler sind vorbei.»

Das Lächeln des Mitarbeiters kippte schlagartig.

«Das ist wirklich sehr schade. Sie haben Talent.»

Marik Flemming, der ursprünglich vorhatte sich aus der Unterhaltung herauszuhalten, winkte schließlich abwertend mit der Hand ab und klopfte seinem Sohn mehrmals aufmunternd auf die Schulter.

«Mag sein, dass er Talent hat, aber er ist der Sohn eines Geschäftsmannes und keine Prinzessin, die ein Studium der freien Künste absolvieren muss, um sich im Leben positionieren zu können. Außerdem leben Künstler von der Hand im Mund und mein Sohn weiß das. Deshalb hat er die Sache auch wieder aufgegeben. Er ist eben ein Realist. Genau wie sein Vater», sagte er lachend, während Sascha bemüht war sein Lächeln nicht zu verlieren.

«Zum Glück ist er ja nicht nur Künstler, sondern auch ein besonders charmanter Verkäufer. Erinnern Sie sich noch an die Wein-Style-Messe in Stuttgart?

Die Idee kam von Sascha. Er hat sogar die Verköstigung geleitet und das Resultat war wirklich ‚einmalig‘»‚‚ meinte der Unternehmer stolz und zog den Dunkelhaarigen so ruckartig an seine Seite, dass Sascha beinahe das Gleichgewicht verlor.

«Er wird ein guter Nachfolger, das weiß ich genau.»

Herr Lindner lächelte auf seine Worte hin und musterte Sascha mit einem Hauch von Bewunderung.

«Schön zu hören, dass ein so pfiffiger junger Mann wie Sie Teil unseres Teams werden möchte. Sie müssen sehr zufrieden sein, schließlich bekommt nicht jeder so eine zukunftsreiche Arbeitsstelle geboten. Vor allem nicht so einfach.»

Sascha zog die Stirn kraus und unterdrückte die respektlose Bemerkung, die langsam in ihm hochstieg. Die starre Miene wahrend hob er das Weinglas, nickte einmal lächelnd und trank.

«Ja», sagte er schließlich, während er die schwere glühende Feuerkugel in seiner Magengegend ignorierte, die mit jedem weiteren Schluck seinen Magen zu verätzen schien.

«Ich bin ein richtiger Glückspilz. Mir wird es hier langsam ein wenig zu warm. Ich werde etwas frische Luft schnappen.»

Sascha leerte sein Glas, stellte es auf den Servierwagen und nickte seinem Vater und Herr Lindner noch einmal kurz zu, bevor er den Herrschaften den Rücken kehrte.

Die verglaste Schiebetür, die zum Balkon hinaus führte, war einen Spalt breit geöffnet. Er trat auf den Balkon hinaus und warf erleichtert den Kopf in den Nacken.

Sascha war ziemlich erschöpft.

Er hatte tagsüber den Saal geschmückt und wurde anschlie-ßend von seiner Mutter von einer öden Unterhaltung in die nächste gehetzt.

Nicht mal das Büffet konnte er genießen.

Das war eindeutig der schlimmste Geburtstag, den er je erleben durfte!

Er seufzte verbittert und beugte sich über die halbkreisförmige Balustrade aus weißem Marmor. Seine ausdruckslose Miene starrte auf den gewaltigen Park vor sich.

Die gemischten Gefühle in ihm machten ihn fertig. Einerseits freute es ihn, dass sein Vater so viel Vertrauen in ihn hatte und andererseits nervte ihn die offensichtliche Ignoranz seiner Eltern in Hinsicht auf dieses ganze Erbthema.

Klar war er der Einzige, der das LeVin auf familiärer Ebene übernehmen konnte, aber warum musste das Unternehmen überhaupt von einem Flemming aufrecht
erhalten werden?

Wieso musste man heutzutage immer noch jede noch so alberne Tradition übernehmen?

Sascha war für gewöhnlich nicht der Typ, der sich von Anderen vorschreiben ließ, wie er sein Leben zu führen hatte, und er hätte sich dem Beschluss seines Vaters sicher widersetzt, wenn der alte Mann nicht so verdammt stolz gewesen wäre, als Sascha ihn bei der Verköstigung auf der Messe vertreten hatte.

Seit dem Event hatte sich der Kontakt zu seinen Eltern auch schlagartig verbessert und er fühlte sich bei seiner Familie so willkommen wie schon lange nicht mehr.

Ein Gefühl, dass er längst aufgegeben hatte. Spätestens nachdem ihm zufällig zu Ohren gekommen war, dass er von Anfang an nicht erwünscht war.

Kapitel 2

In den vergangenen Jahren hatte er dann viel dazu gelernt. Vom Feldanbau über Weinetiketten bis hin zum Kundenservice vor Ort. Und je länger er darüber nachdachte, desto klarer wurde ihm, dass sein Vater immer Recht gehabt hatte. Mit Kunst konnte man kein Geld machen. Und ohne Geld war man in dieser Welt ein niemand.
Erschöpft rieb er sich die müden Augen. Er machte gerade sein Abitur und befand sich bereits im letzten Halbjahr vor den Abschlussprüfungen. Seine Noten waren ganz passabel, weshalb er mit dem Gedanken spielte den Master of Science an der Universität in Stuttgart zu machen.
Betriebswirtschaftslehre machte ihn jetzt nicht unbedingt an, aber mit der richtigen Motivation würde er sich da

schon irgendwie durchkämpfen können.

Seine Augen wanderten wieder über das gewaltige Grundstück des Anwesens. Verglichen zu dem stickigen Saal war es auf dem Balkon deutlich angenehmer. Es war ein wenig dunkel, denn die Beleuchtung bestand großteils aus historischen Wand- und Wegleuchten, die einen eher bescheidenen Durchmesser ihrer Umgebung einfingen.

Im Winter wirkte die Villa, äußerlich betrachtet, eher trostlos.

Doch im Frühling, wenn alles blühte, erwachten Anwesen und Park zum Leben und erinnerte an ein kleines, farbenfrohes Märchenschloss.

Das war auch der Grund, warum Sascha es im Laufe seiner jungen Jahre so oft gemalt hatte. Hinzu kam, dass viele seiner Vorfahren an diesem Ort geheiratet hatten, unter anderem auch seine Eltern.

Und wahrscheinlich würde er das auch irgendwann mal tun.

Als sich plötzlich zwei Hände auf seine Augen legten, hob er überrascht den Kopf.

«Wer bin ich?» hörte er eine weibliche Stimme hinter ihm kichern und er grinste.

«Lia?!»

Kaum hatte er sich umgedreht, nahm er das zierliche Mädchen auch schon in den Arm und wirbelte sie einmal um sich.

Die rothaarige Prinzessin mit den winzigen Sommersprossen im Gesicht war seine Sandkastenfreundin, die vor einem Jahr mit ihren Eltern nach London gezogen war. Seitdem pflegten sie nur noch telefonischen Kontakt. Also wenn man das ‚Kontakt pflegen‘ nennen konnte. Meistens war sie viel zu beschäftigt.

Die Sprache lag ihr nicht, weshalb sie viel Zeit in das Lernen investieren musste, um mithalten zu können.

Dadurch ging die Verbindung zunehmend unter und das Telefonieren verwandelte sich rasch in ein paar bescheidene monatliche Grußnachrichten.

«Wie kommt es, dass du hier bist? Ich dachte, deine Eltern wollten nach Madeira?»

Sie lachte.

«Da sind sie auch hin. Aber deine Eltern hatten uns vor ein paar Wochen angerufen und gefragt, ob ich über die Ferien nicht Lust hätte, euch zu besuchen. So zu Ehren deines achtzehnten Geburtstags.»

Sie zwinkerte.

«Und weil du mich doch sooo sehr vermissen würdest.»

Sascha verdrehte die Augen und ließ wieder von ihr ab.

«Klar hab' ich dich vermisst. Seit du weg bist, habe ich kein Model mehr.

Jetzt musste ich mich auf Landschaften und Stillleben spezialisieren», gab er überspitzt zur Antwort und simulierte einen Schwindelanfall.

Lia lachte.

«Entschuldigung, ich kann doch nichts dafür, dass meine Eltern plötzlich Reisefieber bekommen mussten. Ich wäre auch viel lieber hier bei dir geblieben. London ist total doof und teuer! Keine Ahnung warum da alle immer hin wollen», maulte sie kopfschüttelnd und verschränkte die Arme vor der Brust.

«Das glaube ich dir.» Sascha schmunzelte und nahm etwas Abstand, um seine Freundin von Kopf bis Fuß zu mustern.

«Du siehst toll aus! Das Ballkleid steht dir richtig gut. Du hattest auf jeden Fall einen besseren Berater als meine Mutter.»

Sie blinzelte ein paar Mal, als hätte sie sich plötzlich an etwas erinnert.

«Stimmt ja, die habe ich heute noch gar nicht gesehen. Wieso? Wer hat sie denn beraten?», fragte sie neugierig und Sascha rieb sich verlegen den Nacken.

«Ich, aber pscht…» Lia lachte so laut, dass der Hall den gesamten Park einzufangen schien.

«Das hätte ich nur zu gerne miterlebt. Wenn wir deine Mutter heute noch abgefangen kriegen, muss ich sie mir unbedingt mal anschauen.» Lia zückte ihr Handy hervor.

«Wir haben noch eine halbe Stunde bevor wir Feierabend machen können», bemerkte sie und tippte an ihrem Handy herum.

Sascha warf einen trüben Blick auf das Geschehen im großen Saal vor ihm.

«Ich habe nicht wirklich Lust, mich von der Meute da drinnen ausquetschen zu lassen. Lass uns spazieren gehen oder so.»

Sie steckte ihr Handy weg und grinste aufgeregt.

«Dasselbe wollte ich dir auch gerade vorschlagen.»

Vor dem Eingang stand eine kleine Gruppe von Leuten, die gelangweilt an der Wand lehnte und die Asche ihrer Zigarren auf den gepflasterten Boden rieseln ließen.

Sie schenkten Lia und Sascha kaum Beachtung und so umwickelte sich das Duo mit ihren Wintermänteln und marschierte tuschelnd auf den Kiesweg zu.

Während sie in ihr Gespräch vertieft die einzelnen Pfade durchwanderten, wichen sie immer wieder einigen vertrauten Gesichtern aus der Villa aus, die dieselbe Idee zum Ausnüchtern zu nutzen schienen.

Irgendwann mündete einer der Pfade in den Wald hinein und als die beiden an einer Lichtung angekommen waren, hielt der junge Mann abrupt an.

«Ich glaube, wir sind viel zu weit weg. Wir sollten zurückgehen.»

Er wollte sich gerade umdrehen, als seine Freundin ihn plötzlich am Arm packte.

«Warte! Hörst du das?» flüsterte sie und starrte auf den linken Pfad vor sich.

«Was meinst du?» Sascha spähte in die Dunkelheit hinein, als er plötzlich Stimmen hörte. Lia kräuselte die Stirn und sah besorgt zu Sascha hoch.

«Ich glaube, da hat jemand Beef», meinte sie, als Sascha ihr prompt signalisierte, still zu sein. Er schirmte sie mit einer Hand hinter sich ab und schritt langsam den Waldpfad entlang bis sie kurz vor einer Laterne mit einer abgenutzten Bank zum Stillstand kamen.

Zwei junge Männer hatten sich aneinander vergriffen und versuchten, den jeweils anderen umzuwerfen.

Der eine trug eine Kappe, über die er eine Kapuze geworfen hatte, während den Kopf des anderen lediglich eine helle auffällig zerzauste Haarpracht zierte.

Als es dem Jungen mit der Kopfbedeckung endlich gelang seinen Gegner umzuwerfen, realisierte Sascha plötzlich, dass sie wie zwei schamlose Gaffer aussehen mussten, und drehte sich zu seiner Freundin um.

«Ich glaube, wir sollten gehen. Die Sache geht uns doch gar nichts an», flüsterte der Dunkelhaarige und wollte erneut die Flucht ergreifen, als Lia wieder seine Hand drückte.

«Warte!», raunte sie und zog ihn zurück. «Ich glaube, der eine hat ein Messer. Was ist, wenn er ihn umbringt?», flüsterte sie besorgt.

Er warf den Kopf in den Nacken und seufzte. Wieso musste er immer so nett sein?

«In Ordnung. Bleib genau hier stehen. Ich schaue mal, ob ich die beiden auseinanderkriege.»

Als plötzlich ein gedämpfter Aufschrei folgte, schoss Sascha ein regelrechter Schauer über den Rücken. Der blonde Bursche zupfte an seiner abgenutzten Collegejacke und entfernte sich abrupt von seinem Gegner, der sich krümmend den Bauch hielt und fluchend Richtung Boden sackte.

«Hey!»

Während Lia erstarrte, war Sascha aus Reflex auf die Lichtung gesprungen.

Der Angreifer zuckte auf und richtete ein blutiges Klappmesser auf den Dunkelhaarigen, der langsam die Hände anhob, während er Lia hinter sich abschirmend in den Hintergrund drängte.

Mit der abgenutzten viel zu großen Kleidung und dem wüsten schulterlangen, blonden Haar sah er auf den ersten Blick aus wie ein obdachloses Mädchen.

Die weit aufgerissenen Augen und die tiefliegenden Brauen verströmten pure

Verachtung, während das Zittern der Hände eine heruntergespielte Panik signalisierte.

Er mochte zwar bewaffnet sein aber die Bedrohung, die von ihm ausging, erinnerte Sascha eher an einen fauchenden Hauskater.

Für einen Moment hielten die beiden einfach nur Blickkontakt, bis Sascha realisierte, dass er sich in dem ausdrucksstarken Blick des Jungen verloren zu haben schien. Dabei war es noch nicht mal der Blick selbst, sondern eher die Farbe seiner Augen.

Noch nie war ihm so ein klares Indigoblau begegnet. Und bis vor ein paar Minuten hätte noch jedem den Vogel gezeigt, der ihm erzählt hätte, dass diese Augenfarbe überhaupt existierte.

Ursprünglich wollte er den Burschen zurechtweisen. Oder zumindest beruhigen. Doch sein surrealer Anblick schien Sascha nach jedem Anlauf den Atem zu rauben.

Dabei schien Sascha selbst nicht der Einzige zu sein, der meinte sich seltsam zu verhalten. Auch der Blonde konnte seinem Blick nicht länger standhalten. Seine blassen teilweise mit Erde verschmierten Wangen bekamen eine rötliche Färbung, während die Augen verlegen Richtung Boden glitten.

«Verschwindet!» zischte er plötzlich kaum hörbar, ohne das Messer auch nur einen Millimeter zu senken. Seine Stimme holte Sascha schlagartig wieder in die Realität zurück.

«Beruhig dich erst mal!», stolperten ihm die ersten Worte über die Lippen, während er den Blick nicht vom Messer ließ. «Was für ein Problem ihr beide auch miteinander hattet, dein Kumpel braucht jetzt ganz klar Hilfe.»

«Das mach ich selber!», zischte er wieder und Saschas Brauen zogen sich ungläubig zusammen.

«Sei nicht albern! Was garantiert uns, dass du ihn nicht umbringst?»

«Wieso sollte ich das tun? Ich hab' mich doch nur verteidigt!» rief er fast schon verzweifelt und hob das Messer noch weiter an, als Sascha einen Schritt in seine Richtung wagte.

«Bleib stehen!», rief er mit zittriger Stimme und wich vor ihm zurück. Dabei war nicht ganz klar, ob er vor Unsicherheit oder vor Kälte zitterte. Schließlich war er nicht gerade wettergerecht gekleidet.

«Sascha sei vorsichtig!» Lia sah besorgt zwischen den beiden jungen Männern hin und her, doch entgegen ihrer Bitte schien Sascha überraschend furchtlos.

«Steck das Messer weg!», forderte der Dunkelhaarige ihn mit ruhiger Stimme auf und kam ihm zunehmend näher, woraufhin der Blonde plötzlich die ungewöhnlich vollen Lippen zu einem schmalen Strich formte.

Er wechselte ein paar hastige Blicke zwischen dem Opfer und dem Duo und ergriff schließlich die Flucht.

Sascha sah ihm wie gebannt hinterher und rannte ihm keine zwei Sekunden später auch schon hinterher.

«Ruf den Notarzt... und die Polizei»,, rief er Lia in Eile zu, ohne den Jungen aus den Augen zu lassen.

Ein gedämpftes «pass auf dich auf» hallte durch die Nacht, während er in der Dunkelheit des Waldes verschwand.

Zu Saschas Leid war der Kerl schneller als erwartet. Und vor allem beweglicher. Als die beiden an einem Bach ankamen, bog der Geflohene schlagartig vom Weg ab und verschwand im Gestrüpp.

Noch die letzten Schritte Richtung Bach schlendernd, blieb Sascha schließlich stehen und sah sich um. Er hatte nicht vor, den Typen quer durch den Wald zu jagen, auch wenn ihn der Gedanke durchaus reizte.

Sein Herz hämmerte gegen seine Brust und obwohl die Temperatur in jener

Nacht längst den Gefrierpunkt erreicht hatte, brannte sein ganzer Körper wie mit Feuer übergossen. Er lehnte erschöpft an einen kahlen Baum, um zu verschnaufen.

Wie sehr ihn seine Niederlage auch plagte, er wollte seine Freundin nicht so lange sich selbst überlassen. Wenn ihr etwas passieren würde, würde er das sich selber niemals verzeihen können. Einen letzten Blick auf das dichte Buschwerk vor sich werfend, trat er schließlich den Rückweg an.

Als er ein blinkendes Licht vernahm, folgte er diesem, bis er schließlich wieder auf die vertraute Gabelung mit der Bank zurückkam, wo Lia sich mit einem Polizisten unterhielt.

«Der Krankenwagen ist gerade weggefahren. Hast du ihn verloren?»

Sascha fuhr sich mit den Händen durchs Gesicht und stemmte diese schließlich in die Hüften.

«Leider ja.»

Kapitel 3

Nach dem Vorfall hatte die Weihnachtsfeier ein ziemlich schnelles Ende gefunden. Sascha konnte froh sein, dass die Eltern von Lia nicht dabei waren, sonst hätte er sich nach der nächtlichen Aktion sicher so einiges anhören müssen.

Wäre er mit dem Messerschwinger gemeinsam zurückgekehrt, wäre er wohl sowas wie ein Held gewesen, aber in diesem Fall, konnte er schon froh sein, dass man ihm lediglich nur seine ‚Sorglosigkeit' vorwerfen konnte.

Die besagte Nacht hatte in den ersten Tagen für viel Panik gesorgt. Woran auch die lokalen Medien nicht ganz unschuldig waren. Da es sich um einen Einzelfall handelte -und nicht die Tat eines Serienmörders- kehrte bald wieder Frieden in die Städte.

«Kaum zu glauben, dass so eine Kleinigkeit, so eine Massenpanik auslösen würde. Ein Streit zwischen zwei Leuten eskaliert und die Leute glauben, ein kleiner wildgewordener Michael Myers würde außerhalb seiner Sendezeiten sein Unwesen treiben.

Da ist doch bei jeder Mittagspause im Zentrum mehr los als in diesem Kaff und da machen die nicht so ein Theater.»

Sascha ging gerade ein paar Online-Zeitungsberichte durch und ließ sein Handy anschließend in die Manteltasche gleiten. Dabei versuchte er neben Lia Gleichschritt zu halten.

Nachdem die Sicherheitsmaßnahmen von seinen Eltern gelockert wurden, konnten die beiden endlich wieder das Haus verlassen und spazierten nun schon seit zwei Stunden durch die belebten Einkaufsmeilen, auf der Suche nach einer ansprechenden Bar.

«Ich bin jedenfalls froh, dass das Ganze vorbei ist.», flötete Lia erleichtert, während sie vergnügt an einer sauren Schlange kaute.

Sascha konnte ihre gute Laune gut nachvollziehen. Sie durfte von ihren Eltern aus nicht ohne Begleitung nach draußen. Und nach 20 Uhr schon gar nicht.

Deshalb war der Hausarrest für sie der blanke Horror gewesen, denn so konnte sie die eigentlichen Vorteile ihres Urlaubs überhaupt nicht genießen.

Sascha hätte ihr in der Hinsicht gerne geholfen, aber nachdem die ganzen Vorwürfe seiner Eltern ihn förmlich erschlagen hatten, wollte er ihnen lieber nicht ins Wort fallen.

In den vergangenen Tagen hatten er und Lia sich dann öfters die Frage gestellt, ob es nicht doch besser gewesen wäre, eine Täterbeschreibung abzugeben.

In der Zeitung stand nichts darüber, dass man den Messerschwinger je gefunden hätte oder ob das Opfer die

Verletzung überstanden hatte. Allerdings gab es in einem kleinen Artikel den Hinweis, dass ein ausgezehrter Minderjähriger in eine Suchtklinik eingewiesen werden musste. Ob es sich dabei um einen der beiden Jungs handelte, war fraglich.

«Glaubst du, die haben den Typen jetzt endlich gefunden», fragte Lia, woraufhin Sascha ein merkwürdiges Gefühl überkam.

Wenn er ehrlich war, hoffte er insgeheim, dass dem nicht so sein würde.

Etwas an dem Blonden war seltsam. Sonderbar.

Das war das erste Mal, dass ihn eine Begegnung so berührte.

Vielleicht spielte ihm sein Körper auch nur wieder einen Streich.

Die letzten Monate nagten auch so schon an seiner Psyche und auch wenn er es immer wieder auf die Reihe bekam, sich eloquent und freundlich zu zeigen, so konnte er nicht verneinen, dass etwas nicht stimmte.

«Keine Ahnung. Vielleicht. Wenn er schlau ist, hat er bestimmt schon seinen Wohnplatz gewechselt. Das hätte jedenfalls ich an seiner Stelle getan.»

Als Sascha das gesagt hatte, blieb er stehen und sah auf das Klappschild mit der Aufschrift einer Cafébar vor sich.

«Wie wär's damit? Hier war ich noch nie.»

Lia sah an ihm vorbei.

«Jaja, ich weiß ganz genau, was du hier willst, du Kaffeejunkie.» meinte sie grinsend und zog ihn in den Laden hinein.

«Aber wenn es dich glücklich macht.»

Sie suchten sich einen ungestörten Tisch mit einer Eckbank neben einem großen Doppelfenster und wurden wenige Minuten später auch schon von einer jungen Bedienung mit den Menükarten vertraut gemacht.

«Hier sieht's eigentlich ganz nett aus, findest du nicht auch?», meinte Lia und

Sascha ließ den Blick durch den Raum schweifen.

Die Beleuchtung war eher spärlich und verlieh dem Raum einen rötlichen Schimmer. Die Möbel waren aus dunklem Holz, genau so wie die lange abgerundete und direkt im Zentrum gelegene Bar, die sich über den gesamten Laden hinweg erstreckte.

Im Hintergrund lief ein einfühlsamer Popsongsmix, der zum Träumen einlud und Sascha fragte sich, warum er dem Laden früher nie sonderlich Beachtung geschenkt hatte.

«Einmal Piña colada bitte.»

Sascha sah auf Lia's Bestellung hin abrupt zur Bedienung vor sich.

«Ein ganz normales Bier für die Dame bitte.»

Seine beste Freundin warf Sascha einen verdatterten Blick zu.

«Was! Warum?»

«Du bist eine 17-Jährige mit der Alkoholtoleranz einer Fünfjährigen.»

«Aber es fehlt doch nur noch ein alberner Monat!»

Sascha ignorierte sie und lächelte stattdessen die Bedienung an.

«Für mich bitte einen Latte Macchiato Amaretto bitte.»

«Selbstverständlich», sagte die Kellnerin mit einem zerlaufenen Lächeln, nahm die Karten an sich und verschwand hinter der Theke.

Lia verschränkte die Arme vor der Brust und ließ sich schmollend auf die Eckbank zurückfallen.

«Ich glaube, das Jahr ohne mich hat dir nicht gutgetan. Du bist verdammt spießig geworden. Meine Toleranz ist doch mein Problem!», maulte sie und sah genervt aus dem Fenster.

Der Dunkelhaarige beugte sich mit einem milden Lächeln über den blanken Holztisch.

«Herzblatt, sei mal ehrlich! Spätestens wenn du kaum stehen kannst, wirst du schnell zu meinem Problem werden.

Und am Ende werde ich nur wieder eifersüchtig, weil du mir mit unserer Kloschüssel fremd gehst.»

Ihre Mundwinkel zuckten und sie schlug mit der überflüssigen Speisekarte impulsiv, aber schmerzlos auf seinen Kopf.

«Du tust ja so, als würde ich mich überhaupt nicht im Griff haben.»

«Du hast recht. Tut mir leid. Du kannst zwei Bier haben.»

Sie schlug ihn ein weiteres Mal.

«Mann, Sascha!», sie lachte und warf die Karte auf den Tisch. Sie konnte ihm einfach nicht böse sein.

«Du hast mich gerade trotzdem total blamiert», flüsterte sie schmollend.

«Besser ich als du selbst, oder? Einer muss ja auf dich aufpassen.»

Er wollte gerade noch etwas ergänzen, als sie sich ruckartig aufrichtete und mit geschürten Augen an ihm vorbeistarrte.

Weil seine Freundin für eine Weile nichts mehr sagte, folgte Sascha ihrem Blick.

Auf der gegenüberliegenden Seite der Bar standen zwei junge Männer und Sascha erkannte zu seinem Überraschen sofort die beiden nächtlichen Waldbesucher von vor ein paar Tagen. Sie sahen zwar deutlich gepflegter aus als damals, doch es waren zweifellos der blonde Messerschwinger und sein Opfer.

Und gerade in dem Augenblick schienen die beiden alles andere als verfeindet zu sein.

Der Typ, der auch diesmal die Kapuze über der Basecap trug, hatte das Kinn auf der Schulter des Blonden gestützt und wirkte zwar ein wenig benebelt, aber keineswegs aggressiv oder auch nur wütend.

Wenn sie behauptet hätten, dass diese Typen die Ursache für die unnötige Panik der vergangenen Tage gewesen waren, dann hätte ihnen das niemand abgekauft.

«Glaubst du, die hatten letztes Mal nur einen Ehekrach oder sowas?», fragte Lia plötzlich.

Saschas Augenbrauen zuckten ungläubig auf.

«Na also, wenn das ein typischer Ehekrach sein sollte, dann bleibe ich doch lieber Single.»

Im selben Moment brachte die Bedienung die Getränke. Sascha nippte an dem Macchiato, während seine Gedanken immer wieder zu den beiden Jungs wanderten. Irgendetwas an ihrem Verhalten verunsicherte ihn.

«Schmeckt dein Kaffee so gut?» Aus seinen Gedanken gerissen blinzelte er mehrmals und hob schließlich anerkennend nickend das Glas, bevor er es ihr vor die Nase stellte.

«Mit bester Empfehlung.»

Sie betrachtete das Glas von allen Seiten, nippte vorsichtig am Strohhalm und verzog kaum merkbar das Gesicht.

«Der ist ziemlich bitter!» sie räusperte sich und zog ihr Bier an sich.

«Ich glaube, ich bleibe doch lieber dabei. Prost!»

Sie stießen auf den gemütlichen Abend an und unterhielten sich anschließend über die anstehenden Prüfungen. Sascha rührte dabei phasenweise in seinem Glas herum und linste beiläufig immer wieder zu dem Blonden und seinem Freund rüber.

«Stört dich das?», fragte Lia plötzlich und Sascha sah abrupt wieder vor.

«Was?» er fühlte sich irgendwie ertappt.

«Na, weil da ein schwules Pärchen ist. Oder jedenfalls denke ich, dass sie das sind. Sie sind nicht gerade unauffällig.»

Er stützte den Kopf in die hohle Hand und rührte weiterhin nachdenklich in dem großen gestreiften Glas herum.

«Nein, nicht wirklich. Es ist nur ungewohnt.»

Eine unbegründete Unruhe stieg in ihm auf. Er spürte den inneren Drang, irgendetwas tun zu müssen und dabei kannte er die beiden noch nicht einmal.

«Meinst du, wir sollten die Polizei rufen?», fragte Lia und Sascha verzog das Gesicht.

«Wozu? Worüber willst du denn mit denen reden? Über den Ehekrach?» Sie verdrehte die Augen.

«In dem Fall hoffen wir einfach, dass nicht wieder das Gleiche passiert wie beim letzten Mal.»

Lia nahm einen großzügigen Schluck aus ihrem Glas und nickte auf seinen verständnislosen Blick hin vorsichtig an ihm vorbei.

Als Sascha sich umdrehte, versuchte der Junge mit der Basecap gerade seinen blonden Freund zu umarmen, doch dieser stieß ihn bei jedem seiner Versuche von sich. Das Bild kam ihm irgendwie bekannt vor und er erinnerte sich plötzlich wieder an den Vorfall im Wald zurück. Konnte der Blonde das gemeint haben, als er sagte, dass er sich nur verteidigt hatte?

Als sich Sascha wieder das erschrockene Gesicht des Blonden ins Gedächtnis drängte, kam ihm schlagartig eine unbegründete Wut hoch.

Der Junge in der Collegejacke drehte sich um und schritt genervt in Richtung Ausgang während der Andere ihm fluchend folgte und versuchte, ihn aufzuhalten. Anfangs konnte man nicht viel von ihrer Unterhaltung verstehen, doch je mehr sie sich dem Ausgang näherten, desto deutlicher wurde es.

Ihr Streit zog ziemlich viele Blicke auf sich.

«Ohje.. ich glaube, diesmal halten wir uns lieber wirklich raus.»„ flüsterte Lia und tat so, als hätte sie etwas Interessantes auf der anderen Seite des Fensters gesehen.

Doch da war Sascha schon aufgestanden und so abrupt zwischen das Paar gesprungen, dass der Typ in der Kappe direkt gegen ihn lief.

«Was soll das?!»

Als zu zu dem 1,80m großen Dunkelhaarigen aufsah, waren seine Pupillen ungewöhnlich groß, während die Lederhaut leicht gerötet war. Sascha wollte sich zwar mit ihm anlegen, realisierte aber schnell, dass der Typ den Eindruck vermittelte, jeden Augenblick von alleine zusammenzubrechen.

Das Gesicht war blass, die Schatten unter seinen Augen bläulich, der Blick leblos und ein leichter Schweißfilm klebte an seiner Stirn, der das dunkle Haar an seinen Kopf klebte.

Als er mit ihm zusammengestoßen war, federte er zurück wie auf einem senkrecht aufgestellten Trampolin.

«Jonas, warte!» lallte der Junge und versuchte, an Sascha vorbeizugehen, was dieser jedoch verhinderte.

«Vergiss es Jan! Ich ruf jetzt Dorian an, der soll dich abholen», hörte Sascha den Blonden hinter sich sagen und warf einen knappen Blick über die Schulter.

Seine Unachtsamkeit ermöglichte es diesem Jan, ihn zu umgehen. Bevor der Blonde sein Handy auspacken konnte, hatte sein wandelnder Zombie von Freund ihn auch schon wieder eingefangen und fing an, ihn zu schütteln.

«Lass das! Erst stichst du mich ab und dann tust du so, als wärst du das Opfer hier! Zeigst du so deine Dankbarkeit du Schlampe!»

Stille breitete sich in der Cafébar aus. Selbst die Musik wurde angehalten.

Die Atmosphäre war elektrisch geladen. Der Kommentar zog viel Aufmerksamkeit auf sich. Und das, was daraufhin folgte, sogar noch mehr.

Sascha konnte sich diese Scharade nicht mehr länger ansehen und riss diesen Jan von dem Blonden los.

«Hörst du jetzt endlich auf hier so ein Theater zu machen!», warf er ihm provokant ins Gesicht, während er ihn vorsichtig, aber bestimmt vor sich hin stieß, bis die beiden am Ausgang angekommen waren.

«Merkst du eigentlich nicht, wie kaputt du bist? Verzieh dich nach Hause, wasch dir das Gesicht und geh schlafen!»

Jan war von dem Schwall an Sätzen sichtlich überfordert, doch zeitgleich schien er genau zu wissen, was sie zu bedeuten hatten, da seine Augen zunehmend glasiger wurden.

«Hey, Sascha, ich glaube, das reicht jetzt. Er weint ja sogar schon.»

Lia war hinter ihrem Freund aufgetaucht und musterte Jan besorgt über seine Schulter hinweg. Sascha ließ daraufhin von ihm ab.

«Hier versuchen Leute, ihren Abend zu genießen. Wenn ihr euch streiten wollt, dann geht woanders hin!»

Seine Augen trafen erneut auf den überraschten Blick des Blonden. Für einen Moment fürchtete Sascha, erneut demselben Phänomen zu verfallen, wie bei ihrer ersten Begegnung, als es plötzlich wieder laut wurde.

«Hey, lass ihn in Ruhe!»

Eine bunte Mischung aus Leuten kam auf die Vier zu, wobei ein junger Mann mit einem Buscut Sascha aus dem Impuls heraus zur Seite stieß. Er hatte bereits zum Schlag ausgeholt, als sich ihm der Blonde in den Weg drängte.

«Hey, alles cool, er wollte mir nur helfen!», rief er und drängte sich anschließend zwischen Jan und Sascha, um das ‚Opfer' entgegenzunehmen.

Sascha rückte sich daraufhin den Kragen zurecht, atmete kurz und heftig aus beobachtete mit gezügelter Neugier das weitere Geschehen.

«Dorian und die Anderen sind da. Geh mit ihnen mit», bat der Blonde seinen

Freund stützend, doch dieser schmiegte sich nur noch enger an ihn.

In der Zwischenzeit hatten sich ein paar Gaffer auf der gegenüberliegenden Seite angesammelt und linsten immer wieder zu ihnen rüber.

«Verlass mich nicht, Jonas! Wie soll ich ohne dich leben?»

Der Blonde gab einen tiefen Seufzer von sich und sah hilfesuchend zu der Gruppe, von der aus ihm der Junge mit dem Buscut entgegenkam.

«Na komm schon Großer, gib Jonas ab und zu auch mal eine Pause. Was machst du überhaupt hier? Solltest du nicht in Therapie sein, oder sowas?»

Er machte eine bedeutende Pause, die ein gewisses Mitgefühl ausdrückte, ohne ihn in seiner Machtposition zu reduzieren. Jan murmelte daraufhin so lange unverständliches Zeug vor sich hin, bis der Cafébarbesitzer die Nase voll von ihnen hatte und damit drohte die Polizei zu rufen.

Die Worte hatten die Wirkkraft eines Gewehrschusses und keine zwei Minuten später war der Großteil von ihnen verschwunden. Während ein gebräunter Stammgast mit erhobenen Händen die miserablen Umstände   in der Cafébar bemängelte, warfen Sascha und Lia einander belustigte Blicke zu.

Der Blonde, der wohl Jonas hieß, hatte sich an den Türrahmen gelehnt und sah seiner Gruppe mit einem besorgten Blick hinterher, während Sascha sich fragte, warum er ihnen nicht gefolgt war. Die Arme vor der Brust verschränkend, gesellte er sich zu ihm.

«So sieht man sich also wieder.»

Die Augen des Blonden weiteten sich und er wollte gerade wieder die Flucht ergreifen, als Sascha ihn am Arm packte.

«Nun hau doch nicht ständig ab! Ich tu' dir schon nichts. Auch, wenn du mir ziemlich viele Probleme bereitet hast. Was spricht eigentlich dagegen, dass ich dir auf der Stelle die Ohren lang ziehe, hmm?

Sascha warf ihm einen ernsten Blick zu, doch zu seinem Überraschen versuchte der Junge lediglich ein Lachen zu unterdrücken.

«Was ist so lustig?», fragte der Dunkelhaarige perplex.

«Du bist so jung, aber du sprichst, als wärst du fünfzig.»

Sascha schoss schlagartig das Blut in den Kopf.

«Ich versuche, dich Bengel einfach nur ein wenig zu erziehen, denn deine Eltern scheinen dabei ziemlich versagt zu haben!», meinte er und zog den Blonden zu sich, dessen Lachen schlagartig verstummte.

Er sah bedrückt zu Boden.

«Ich…» er machte eine Pause. «Ich habe keine Eltern. Ich lebe mit meinem Freund zusammen.»

Sascha ließ von ihm ab und deutete mit einem verwirrten Gesichtsausdruck auf

die Gasse, in der eben die Gruppe verschwunden war.

«Mit ,dem' Freund?»

Jonas nickte stumm.

«Ist der immer so?»

Der Blonde wich seinem Blick aus.

«War das der Grund, warum du ihn mit dem Messer angegriffen hast?», fragte Sascha weiter, woraufhin Jonas wortlos die Lippen spitzte und sich verlegen von ihm abwandte.

Als er plötzlich versuchte, sich von ihm wegzureißen, merkte der Dunkelhaarige sofort, dass was nicht stimmte.

«Sag nicht, er wollte dir an die Hose.»

Jonas zuckte bei seinen Worten auf, schwieg jedoch. Seine Wangen waren ganz rot und er traute sich kaum, den Kopf zu heben.

«Ist das dein Ernst?»

Sascha schoss das Blut daraufhin genau so in den Kopf wie dem Blondschopf. Allerdings weniger vor Scham als vor purem Zorn. Er hatte bereits im Wald das Gefühl gehabt, dass etwas nicht gestimmt hatte, und jetzt wünschte er, er hätte gar nicht erst gefragt.

«Hast du der Polizei von mir erzählt?», fing der Blonde plötzlich wieder zögernd an.

«Nein, hab' ich nicht», gab Sascha prompt zurück, ließ ihn los und verschränkte die Arme gleich wieder vor der Brust.

«Aber hätte ich das mal besser getan. Hättest du mir das sofort gesagt, hätte ich ihm zusätzlich auch noch die Eier abgeschnitten.»

Jonas sah ihn verwundert an.

«Wenn Sascha wütend ist, dann sollte man sich besser nicht mit ihm anlegen.»

Lia tauchte plötzlich hinter ihm auf und grinste verlegen. Sie klopfte Sascha auf die Schulter.

«Ich hole mir noch ein Bier. Denk an deinen Macchiato.»

Sie zwinkerte Jonas zu und verschwand wieder in der Bar.

«Er ist kein schlechter Mensch», meinte Jonas plötzlich kaum hörbar, woraufhin Sascha die Augen verdrehte.

Da waren sie wieder, diese klassischen Ausreden misshandelter Ehepartner.

«Na, wenn du das sagst.»

Er ließ von der Wand ab und wollte Lia folgen, bevor ihm sein Gesprächspartner auch noch seine bedingungslose Liebe zu dem Mistkerl verkünden würde.

Warum waren Arschlöcher eigentlich immer so beliebt? Er konnte es nicht begreifen.

«Warum bist du denn so wütend?», fragte der plötzlich, woraufhin Sascha kurz innehielt.

Er wusste es selber nicht so recht.

Wahrscheinlich war es sein ausgeprägter Beschützerinstinkt.

Jonas' offensichtliche Naivität schien ihn unterbewusst zu provozieren.

Sascha vergrub die Hände in den Manteltaschen und zuckte mit den

Schultern.

«Keine Ahnung. Du frustrierst mich einfach. Du bist ein Kerl und er hat dich als Schlampe beleidigt. Hast du keinen Stolz?»

Jonas' Mundwinkel zuckten.

«Schon lange nicht mehr. Tut mir leid, wenn ich dich enttäuscht habe.»

Diese Antwort hatte Sascha nicht erwartet. Sie traf ihn plötzlich, dass er glaubte, nun selbst der Böse geworden zu sein.

«Du bist echt seltsam, weißt du das?»

Jonas seufzte leise.

«Ich weiß. Aber seltsam sein ist zum Glück keine tödliche Krankheit. Also sollte ich damit leben können.»

«Sascha dein Kaffee wird kalt!», hörte er Lia hinter sich rufen und musste schmunzeln.

«Das ist der bestimmt schon lange», rief er zurück.

«Du solltest wieder reingehen», meinte Jonas und zog sich den Schal enger, als eine kräftige Brise an ihnen vorbeisauste.

«Komm doch dazu!», bat Sascha ihm an. «Meine Freundin hat sicher nichts dagegen.»

Der Blonde schüttelte mit einem zaghaften Lächeln den Kopf.

«Ich habe vorerst genug Ärger angerichtet. Ich gehe jetzt lieber wieder nach Hause. Lass deine Freundin nicht zu lange warten, sonst wird sie noch eifersüchtig», meinte er leise lachend.

Sascha erwiderte sein ansteckendes Lachen mit einem Lächeln.

«Zwischen uns läuft nichts. Wir sind nur Freunde», stellte er klar und meinte einen merkwürdigen Schimmer in den Augen des Blonden zu sehen.

«Ich bin mir nicht so sicher, aber du solltest es wohl besser wissen.»

Als er sich umdrehte, überkam Sascha ein plötzliches Kältegefühl, gefolgt von einer unbegründeten Panik.

«Warte!», rief er plötzlich und Jonas

blieb stehen.

«Willst du vielleicht meine Nummer oder gibt es dann nur wieder Probleme mit diesem Jan?»

Jonas sah ihn eine Weile nachdenklich an und holte schließlich das Handy raus.

«Ich denke, das geht klar.»

Nachdem Jonas verschwunden war, saßen die beiden Freunde auch nicht mehr lange in der Cafébar.

Denn spätestens nach Lias fünftem Bier zeigte sie bereits ähnliche Verhaltensmuster wie Jan.

Sascha kam nicht drumherum, sie, wie nicht anders erwartet, auf seinem Rücken nach Hause zu schleppen.

Es war bereits kurz nach Mitternacht und die Straßen waren praktisch leer. Als die beiden das große Einfamilienhaus betreten hatten, brachte Sascha Lia erst mal ins Gästezimmer, nachdem sie ihm geschworen hatte, dass in der Nacht nichts zwischen ihr und der Kloschüssel laufen sollte.

Er setzte sie auf dem Bett ab und versuchte zeitgleich, die vielen Gegenstände auf der Kommode zu retten, die durch ihre ausschweifenden Bewegungen gefährdet waren.

Durch den Lärm wurde seine Mutter wach, doch da Sascha relativ klar war und ihre Hilfe scheinbar nicht benötigt wurde, verschwand sie bald wieder in ihrem Schlafzimmer.

«Hilfst du mir beim Ausziehen?», lallte Lia, woraufhin Sascha sie mit einem kleinen Kissen abwarf.

«Siehst du? Das meinte ich vorhin mit Problemen. Als ob du das Kleid nicht selber ausziehen kannst», brummte er wie ein strenger Vater.

«Ich krieg' aber den Reißverschluss nicht runter.»

«Wie hast du den denn heute Morgen hochbekommen?»

«Deine Mum hat mir geholfen!»

«Und warum habe ich die dann gerade wieder wegschicken müssen?», raunte er irritiert und fuhr sich mit der Hand über die Stirn.

«Sei doch nicht gleich sauer. Dann mach ich es halt alleine», maulte sie und fummelte an ihrem Nacken herum.

Sascha fuhr sich über die Stirn.

«Nein, tut mir leid. Warte ich mach das.»

Er zog den Reißverschluss runter, woraufhin die Rückseite ihrer überraschend auffälligen Unterwäsche aufblitzte.

«Kommst du jetzt zurecht?»

Sie warf ihm einen merkwürdigen Blick über die Schulter hinweg zu, als könnte sie nicht glauben, was sie da hörte. Als sie wieder vor sah, wirkte sie gereizt.

«Du kannst gehen.»

Sascha presste verunsichert die Lippen aufeinander.

«Bist du sicher?»

Sie sprang plötzlich auf und jagte ihn aus dem Zimmer. Kaum war er über die Schwelle getreten, knallte sie ihm auch schon die Tür vor der Nase zu.

Saschas Brauen zogen sich irritiert zusammen.

Was genau hatte er denn jetzt wieder falsch gemacht?

Mit rollenden Augen verschwand er nach langem Überlegen schließlich in seinem Zimmer. Sich aufs Bett werfend sah er, dass sein Handy blinkte.

Kapitel 4

Als er einen Blick auf seine Nachrichten warf, fand er eine Benachrichtigung von Jonas. Er überlegte, ob es so sinnvoll war, ihm so spät noch zu schreiben, doch als er merkte, dass ihm sein Kopf keine Ruhe gab, fragte er ihn, ob er gut angekommen sei.

Die Antwort war ein knappes: «Ja».

Sascha fragte sich, ob er ihn nervte oder vielleicht sogar aus dem Schlaf gerissen hatte.

«Tut mir leid, wenn ich dich geweckt habe.   Also bis… keine Ahnung irgendwann mal.»

Seine Muskeln zogen sich zusammen und er fuhr sich verlegen durchs Gesicht.

Wieso rechtfertigte er sich überhaupt? Er wusste doch gar nicht, ob er schlief. Eine Weile folgte nichts mehr und Sascha meinte, dass Jonas wahrscheinlich einfach nur schlafen wollte. Er zog sich aus und ging ins Bad.

Als er zehn Minuten später wieder rauskam, blinkte sein Handy.

«Ich kann nicht schlafen. Dafür ist es hier zu laut.»

«Verrückte Nachbarn?», fragte Sascha schmunzelnd.

«So ähnlich.», antwortete Jonas.

«Wo wohnst du überhaupt?»

«Darf ich nicht sagen?»

Okay verständlich. Die beiden kannten sich gerade mal knapp zwei Stunden und er fragte ihn schon, wo er wohnte. Jonas war ein sehr hübscher Junge. Es würde ihn nicht wundern, wenn er in der Vergangenheit schon schlechte Erfahrungen mit Stalkern gehabt hätte. Dennoch löste seine Nachricht ein merkwürdiges Gefühl in ihm aus, genau so wie die Tatsache, dass er mit diesem Jan zusammenlebte. Die beiden waren zusammen, das musste er akzeptieren. Und er hätte in der Cafébar wahrscheinlich auch nicht so austicken sollen.

Ihre Beziehung hatte nichts mit ihm zu tun und wenn Jonas das Ganze selber klären wollte, dann sollte er sich da nicht einmischen.

Er fragte sich, ob er einen so schlechten Eindruck bei ihm hinterlassen hatte.

Äußerlich betrachtet sah er doch auch deutlich besser aus als dieser Jan.

Zunehmend zerstreuter rieb sich der Dunkelhaarige die Stirn.

Warum war er überhaupt so vernarrt in Jonas' Meinung über sich?

Der Blonde hatte zwar etwas Mysteriöses an sich -und wenn es etwas gab, was Sascha liebte, dann waren das Mysterien- , aber war das wirklich der Grund für seine Neugier?

Wenn er es nicht besser wüsste, würde er sagen, er hätte sich verliebt.

Beschämt fuhr er sich mit der Hand durchs Gesicht als sein Herz bei dem Gedanken, Jonas in seinen Armen zu halten, stolperte.

«Verstehe», schrieb der Dunkelhaarige. «Ich würde dir ja anbieten, zu mir zu kommen, aber Lia belegt gerade das Gästezimmer und die ist gerade nicht besonders gut drauf.»

«Die Freundin von vorhin? Habt ihr euch gestritten?», fragte Jonas.

«Nicht wirklich. Ich habe keine Ahnung, was los ist. Frauen halt.»

«Lebt sie bei dir?»

«Nein, sie ist nur über die Ferien da. Sie wohnt in London und reist Anfang nächsten Jahres wieder ab», erklärte Sascha und verschwand unter der Bettdecke, nachdem er das Licht ausgeschaltet hatte.

«Okay. Sie scheint ganz nett zu sein. Hoffentlich vertragt ihr euch bald wieder.»

Sascha war über diese Aussage ein wenig überrascht. Maik und Till, seine beiden Freunde aus der Schule, waren verglichen zu Jonas ganz anders und sogar Lia selbst hätte ihm wahrscheinlich darum geraten

die ‚Olle‘ einfach zu vergessen. Aber wenn es etwas gab, was Sascha nicht konnte, dann war das vergessen.

«Danke, ich versuch's.»

Er warf einen Blick auf den Kalender und erneut packte ihn die pure Melancholie. Warum war sein Gemüt in letzter Zeit nur so am Schwanken? Ob es die Angst vor der Zukunft war? Der Abschluss rückte immer näher und die einzige Möglichkeit, dem Businessleben seines Vaters wenigstens für ein paar Jahre zu entkommen, war das Einschreiben an der Universität.

Er dachte, wenn Lia in der Nähe sein würde, würde er wenigstens etwas Ruhe von der ganzen Grübelei bekommen. Aber sie schien darauf kaum Einfluss zu haben. Sie hatte sich über das Jahr hin ein wenig verändert. Weiblicher war sie geworden.

Und etwas anzüglicher vielleicht.

Sascha erinnerte sich an die seltsame Bemerkung von Jonas und kräuselte die Stirn.

Unmöglich, dachte er. Sie hatte ihm vor ihrer letzten Abreise sogar noch ‚befohlen' gehabt, sich vor ihrer Rückkehr eine Freundin zu suchen.

Hätte sie das getan, wenn sie in ihn verliebt gewesen wäre? Wohl kaum!

Er seufzte.

Vielleicht redete er sich das Ganze aber auch nur ein. Denn wenn seine Befürchtung wirklich stimmen würde, dann wüsste er nicht, wie er ihr in Zukunft die Augen sehen könnte. Sie waren nun schon so lange miteinander befreundet und dabei hatte er nicht einmal daran gedacht, dass aus dieser Beziehung mehr werden könnte als Freundschaft.

Auch wenn manch einer behaupten würde, dass Jungs und Mädchen nicht einfach nur befreundet sein konnten, so schien das bei den beiden doch immer funktioniert zu haben.

Aus seiner Sicht jedenfalls.

Schlagartig fühlte er sich überraschend alleine und er fragte sich, ob es vielleicht gar nicht Lia war, die sich verändert hatte.

In den nachfolgenden Tagen schrieben sie regelmäßig miteinander und Sascha hatte zunehmend das Gefühl in Jonas einen Seelenverwandten gefunden zu haben. Er lobte sich seine strukturierte und fehlerlos Art, Textnachrichten zu verfassen, genau so wie seine einfühlsame Ausdrucksweise, die ihn dazu verleitete immer mehr von sich zu erzählen. Und je länger er mit ihm schrieb, desto mehr wurde ihm bewusst, dass er diesen Jungen unbedingt wiedersehen musste.

Zu seinem Pech erwies sich die persönliche Kontaktaufnahme jedoch als schwieriger als erwartet. Denn obgleich Sascha es kaum erwarten konnte, ihn wiederzusehen, so schien der Blonde sich immer mehr zurückzuziehen. Und je öfter er fragte, desto seltener und kürzer wurden die Antworten.

Jonas schien ganz offensichtlich etwas zu belasten und es nervte Sascha, ihm nicht helfen zu können.

Nach längerem Grübeln beschloss er, etwas geduldiger an die Sache heranzugehen. Er musste in seine Nähe kommen, ohne ihn zu stark zu berühren. Auf einer Ebene, die kaum spürbar war.

Als würde man einem sensiblen kleinen Schmetterling folgen, der bei jeder unachtsamen Bewegung das Weite suchte. Jonas erinnerte ihn wirklich an einen Schmetterling.

Wenn man ihn erst mal zu Gesicht bekommen hatte, wurde er zu einer so strahlenden Erscheinung, dass man kaum die Augen von ihm abwenden konnte. Unbeachtet verschmolz er mit der luftigen bunten Kleidung und seiner stillen Lebensweise so rasch mit seiner Umgebung, wie eine mobile Farbpalette in einem unendlichen Blumenfeld. Seine Bewegungen wirkten gefedert und waren von fast schon mütterlicher Sanftmut begleitet.

Der Gedanke an ihn inspirierte den jungen Künstler sogar dazu, sich wieder an seine Staffelei zu setzen. Er hatte schon ewig nicht mehr gemalt, aber die Bilder, die Jonas in ihm auslöste, führten seine Hände fast schon automatisch.

Seit ihrer Begegnung schien sein Leben gar nicht mehr so schlimm wie früher. Selbst seine Eltern waren von seinen geradezu euphorischen Höhenflügen belustigt. Doch das störte ihn nicht. So vergingen ein paar weitere Tage, bis er schließlich den Entschluss fassen konnte, Jonas nach einem weiteren Treffen zu fragen.

Auf die Antwort wartete er dann auch länger als erwartet, und als er bereits

die Hoffnung aufgegeben hatte, kam
endlich eine Rückmeldung ,und
schließlich eine Zusage.

Daraufhin trafen sie sich fast täglich
und nicht selten war auch Lia mit von
der Partie, mit der sich Sascha dank
Jonas schnell wieder vertragen hatte.
Da der Blonde für etwas sparte - was er
vorerst geheim halten wollte - scheute
er sich oft bei den besonders kostspie-
ligen Aktionen mitzumachen. Er ließ
sich auch nicht gerne einladen oder
bemuttern. Obwohl er erst sechzehn
Jahre alt war, war er sehr verantwor-
tungsbewusst und höflich.

Selbst Lia schien ihn zu mögen. Und
das mochte schon was heißen.

Als Lia einmal meinte, sich an ihre
Schulbücher setzen zu müssen,
beschloss Sascha, Jonas ins Kino einzuladen. Sascha hatte erst Sorge, dass
Jonas sich unwohl fühlen würde, aber
es schien genau umgekehrt. Der Junge

blühte förmlich vor seinen Augen auf, alberte herum und lachte viel.

Das machte Sascha klar, dass er sich in Lias Gegenwart bewusst mit seiner Nähe zurückhielt. Man konnte ihm förmlich vom Gesicht ablesen, dass er sich nicht in ihre Beziehung einmischen wollte. Und dass er sich überhaupt als Konkurrenz ansah, freute Sascha zwar, ließ ihn jedoch an der Treue des Blonden zweifeln.

War er bislang nicht davon ausgegangen, dass Jonas mit Jan zusammen war? Oder war ihm da etwas entgangen?

Kapitel 5

Es war bereits dunkel geworden, als sie das Kino verlassen hatten.

Während sie die Einkaufspassage entlang spazierten, fing es schließlich an zu schneien. Als Sascha schließlich genug von der ganzen Grübelei hatte, packte er Jonas an der Hand, um ihm zu signalisieren, dass er was Wichtiges zu sagen hatte. Als er jedoch die Hände des Blonden berührt hatte, zuckte er auf. Sie waren ganz blass und kalt und als er sich umgedreht hatte, sah Sascha, dass er fror.

«Ey, ich weiß ja, dass du Geld brauchst, aber ich würde an deiner Stelle trotzdem nicht an deiner Gesundheit sparen», schimpfte der Dunkelhaarige seufzend, zog sich seinen Schal vom Hals und wickelte ihn vorsichtig um den Hals des Blonden. Dann drückte er ihm seine Handschuhe in die Hand.

Von seinen Worten peinlich berührt zog Jonas die Handschuhe an, zupfte sich den Schal über den Mund als ihm ein gedämpftes «Danke» über die Lippen kam. Sein Blick wanderte kurz zum Himmel rauf.

«Sag mal, was machst du eigentlich an Weihnachten?»

Den Heiligen Abend verbrachte Familie Flemming ganz klassisch mit der ganzen Familie. Das Haus war zwar ziemlich voll, aber Sascha musste zugeben, dass die Weihnachtszeit die einzige Zeit war, die er ganz harmonisch mit seinen engsten Vertrauten verbringen konnte.

Verglichen zu seinen Eltern, waren seine Tanten und seine Großeltern viel herzlicher und schienen sich, verglichen zu seinen Eltern, auch deutlich mehr für ihn zu interessieren.

Nach dem Weihnachtsdinner und der darauffolgenden Bescherung verzog sich Sascha wieder in sein Zimmer.

Wie sehr er seine Familie auch liebte, wenn sie genug getrunken hatten, wurden sie ihm eindeutig zu aufdringlich. Und am schlimmsten waren sie, wenn sie versuchten ihn mit diversen Bekannten zu verkuppeln. Und verkuppeln musste man ihn schon lange nicht mehr.

Um dem also zu entkommen, hatte er sich die sichere Routine angewöhnt, in seinem Zimmer zu verschwinden.

Lia hatte ihre eigenen Verwandten in Stuttgart aufgesucht, die sie über die Feiertage zu sich eingeladen hatten, und so war er der einzige junge Mensch im Haus.

Das störte ihn aber auch nicht. Er wollte sich sowieso die Zeit nehmen, um ein paar kleine Geschenke vorzubereiten. Denn verglichen zu Lia hatte er überhaupt keine Idee, was er Jonas schenken sollte.

Sie hatten sich am ersten Weihnachtstag verabredet, und obwohl die beiden sich nun schon etwas länger kannten und er selber ebenfalls ein Mann war, wusste er nicht, was er seinem Freund schenken sollte.

Er selbst liebte Tiere, besonders Katzen. In seiner Freizeit ging er oft in die Bibliothek, weil er viel und gerne las und sie als angenehm ruhig empfand. Außerdem liebte er es, zu reisen, und war demnach schon in Thailand, Dubai und Norwegen gewesen.

Vielleicht sollte er ihm Geld schenken. Schließlich war er eh am Sparen. Oder ein Buch. Aber er hatte keine Ahnung, was er für Bücher las, und ihn direkt zu fragen würde die ganze Überraschung verderben.

Seine Kleidung sah ziemlich abgenutzt aus und er trug immer denselben dünnen Fetzen.

Ein Gutschein für einen Klamottenladen wäre also auch eine gute Idee. Schmuck und dergleichen war schon viel zu extravagant. Jonas war ein sehr

bescheidener Mensch und ein viel zu
teures Geschenk würde ihm nur ein
schlechtes Gewissen machen.
Am Ende entschied er sich für den Gutschein und etwas Geld, was er beides in
einen großen roten Umschlag legte.

Kapitel 6

Jonas wollte ihm zu Weihnachten einen besonderen Ort zeigen und Sascha freute sich schon den ganzen Tag wie ein kleines Kind darauf.

Vor allem, weil Jonas behauptet hatte, dass er diesen Ort noch niemand anderem gezeigt hätte. Er liebte es ganz offensichtlich, aus allem ein Geheimnis zu machen, aber das störte Sascha nicht wirklich.

Ganz im Gegenteil. Ihn reizten die Rätsel, die er ihm in den Kopf setzte mindestens genau so sehr wie das Gefühl, wenn sie enthüllt wurden.

Und das war bei weitem nicht das Einzige, mit dem er Sascha in den vergangenen Tagen den Kopf verdreht hatte.

Da er sich nie wirklich mit der Liebe und seiner sexuellen Orientierung beschäftigt hatte, ging er immer davon aus, dass er schlichtweg asexuell sei.

Seine ganze Leidenschaft steckte in seinem künstlerischen Selbstausdruck und dem regelmäßigen Selbststudium.

Eine Liebesbeziehung war ihm in der Hinsicht immer im Weg und er war sich nie sicher, ob er dazu in der Lage sein würde, eine romantische Beziehung aufrechtzuerhalten. War es doch notwendig, sich regelmäßig zu treffen, treu zu sein und auf die Bedürfnisse des jeweils anderen zu achten.

Doch die Bekanntschaft mit Jonas gab ihm eine völlig neue Sichtweise auf diese Dinge. Die Beziehung zwischen ihnen war so simpel, so locker und unkompliziert, dass er all diese für gewöhnlich einengenden Handlungen ganz von alleine machte, ohne sich ausgenutzt oder überarbeitet zu fühlen.

Doch wie glücklich ihn jede Begegnung mit Jonas auch machte, so waren sie denn noch kein Paar. Und je öfters sie sich trafen, desto schwieriger wurde es für Sascha, sich zurückzuhalten. Er nutzte jede Gelegenheit, um ihn zu berühren. Fing belanglosen Smalltalk an, nur, um seine Stimme zu hören. Seine bloße Präsenz konnte genau so wie eine einfache Whatsapp-Nachricht den schlimmsten Tag retten.

Er liebte diesen Jungen. Und irgendwann würde er ihm das erzählen müssen.

«Wir sind ziemlich weit draußen. Bist du sicher, dass wir uns nicht verlaufen haben?»

«Wir sind gleich da.» Jonas zerrte Sascha hinter sich her. Als sie sich am Stadtrand getroffen hatten, hatte Sascha nicht damit gerechnet, dass sie sich auf eine so lange Wanderschaft begeben würden.

Sie waren nun schon sicher seit einer halben Stunde unterwegs und schritten einen schmalen Pfad am Rhein entlang.

Etwa zwei Minuten später hielten sie vor einem Warnschild. Ein lautes Rauschen war zu hören und Jonas wich schlagartig vom Weg ab und verschwand hinter einem Busch.

«Pass auf hier sind ein paar Treppenstufen und dann geht es ziemlich steil runter», hörte er ihn sagen und folgte ihm den steinigen Weg hinunter, wo zu seiner linken ein gewaltiges Rohr aus dem Hügel ragte, aus dem ein Kanal Richtung Fluss führte.

Für einen Moment blieb Sascha verblüfft stehen und musterte die Landschaft. Er wohnte schon sehr lange in dieser Gegend und war auch schon oft am Rhein gewesen, war dabei aber noch nie auf diesen sonderbaren Ort gestoßen.

Er konnte sich förmlich vorstellen wie schön und angenehm dieses Ufer im Frühjahr sein würde. Der Blondschopf hüpfte so leichtfüßig über die Felsen und losen Baumstämme, die ihm den

Weg versperten, als hätte er sein Leben lang nichts anderes getan und Sascha schämte sich fast schon dafür, wie vernarrt er in jede noch so banale Handlung seines Freundes war.

Aber das war wohl ganz normal, wenn man verliebt war. Hatte er sich jedenfalls mal sagen lassen. Jonas überquerte eine steinerne Brücke, die über den Kanal führte und hielt vor einer roten Bank mit einer mysteriösen steinernen Anordnung, die an einen Grillplatz erinnerte. Daneben befand sich ein sandiges Ufer mit einer ausgebreiteten, kindlich geschmückten Decke und einer großen Tüte.

«Wird das ein Weihnachts-Picknick? Wie süß», lachte Sascha entzückt woraufhin Jonas bis über die Nasenspitze rot anlief.

«Tut mir leid. Das ist das Einzige, was ich dir schenken kann», murmelte der Blonde verlegen und Sascha nahm ihn belustigt in den Arm.

«Und es ist das beste Geschenk, das ich je bekommen habe. Danke, dass du mir diesen Ort gezeigt hast.»

Die Mittagszeit war für einen Dezembertag ungewöhnlich warm. Dennoch hatte Jonas vorsichtshalber ein kleines Feuer gemacht und ein paar Decken ausgebreitet, damit keiner von den beiden frieren musste.

Es gab Sandwiches, einen großen Karton mit gemischtem Kuchen, etwas Obst und da Sascha mal erzählt hatte, dass er am liebsten Kaffee trank, eine große Kanne Kaffee und Tee.

Sie hatten es sich auf der Decke gemütlich gemacht und erfreuten sich an dem Essen. Bis auf das Plätschern des Kanals und das unregelmäßige Überschlagen der Wellen war es für eine Weile angenehm still.

«Über was denkst du nach?», brach Jonas plötzlich die Stille.

Sascha nippte an seiner Weihnachts-
markttasse und sah ein wenig bedrückt
zur Seite.

«Über diesen Ort hier. Er ist sehr
sonderbar, dass er glatt aus einer anderen Welt stammen könnte», meinte er
mit einem sanften Lächeln. Jonas ver-
senkte seinen Blick auf der Oberfläche
seiner Teetasse, während er die kalten
Hände an ihr wärmte.

«Und worüber denkst du jetzt wirklich
nach?»

Sascha wandte den Blick lächelnd von
ihm ab.

«Bin ich denn so leicht zu durchschau-
en?»

Jonas schüttelte den Kopf.

«Nein, nicht immer. Aber in letzter Zeit
wirkst du irgendwie traurig.» Sascha
ließ seine Tasse auf den Schoß sinken
und runzelte die Stirn.

«Du sagtest, dass dieser Ort ein gehei-
mer Ort sei und das du ihn außer mir
noch niemandem gezeigt hast.»

Jonas nickte.

«Das ist richtig. Außer dir kennt niemand diesen Ort. Jedenfalls niemand, den ich kenne.»

«Auch nicht Jan?»

Jonas's Brauen zogen sich schlagartig zusammen, als hätte sein Freund etwas völlig Absurdes gesagt.

«Das ist mein Zufluchtsort. Jan ist die letzte Person, der ich diesen Ort zeigen würde. Ich bin schon froh, wenn ich ihn nicht sehen muss», meinte er seufzend, was Sascha sichtlich verwirrte.

«Seid ihr nicht zusammen?», fragte er überrascht.

Jonas ließ nun ebenfalls die Tasse sinken und warf einen Blick zur gegenüberliegenden Insel, über der sich ein wolkenloser blauer Himmel erstreckte.

«Ich glaube, ich fange am besten ganz von vorne an», meinte er und nahm tief Luft.

«Ich bin vor ein paar Monaten von zu Hause weggelaufen. Meine Mutter starb vor zwei Jahren und seitdem lebte ich mit meinem Vater für eine Weile alleine. Mein Vater hatte vorher schon ein Alkoholproblem gehabt, aber als meine Mutter dann gestorben war, wurde es noch schlimmer. Er war nicht nur sehr aggressiv, sondern auch noch stark verschuldet. Als ich das begriffen hatte, versuchte ich mich um alles zu kümmern.

Ich habe sogar die Schule abgebrochen und bin stattdessen arbeiten gegangen. Er war dazu schon lange nicht mehr fähig. Weder zum Arbeiten noch um den Haushalt zu führen. Und am Ende lastete alles auf mir. Und wahrscheinlich hätte ich die Zeit irgendwie überstehen können, wenn er nicht immer so wütend gewesen wäre.»

«Hat er dich geschlagen?», unterbrach Sascha ihn plötzlich und entschuldigte sich zeitgleich.

Jonas nippte wieder an seiner Tasse.

«Ja, hat er. Oft sogar. So oft, dass die

Nachbarn es mitbekommen hatten. Sie waren es dann auch, die das Jugendamt verständigt hatten.»

«Also bist du dann bei anderen Leuten untergekommen? Oder hat man dich in ein Heim gebracht?», fragte Sascha, woraufhin Jonas den Kopf schüttelte.

«Der Mann vom Jugendamt sagte, dass ich, solange ich ein lebendes Familienmitglied habe, mich glücklich schätzen sollte, und hat das Schreiben für eine Heimunterbringung mehrmals abgelehnt gehabt.

Unter anderem auch, weil die Heime in der Umgebung überfüllt waren und man die Pflegeeltern für die Kinder reservieren wollte, die gar keine Eltern hatten. Also hat man mich zurückgeschickt.»

Jonas spitzte die Lippen.

«Da mir niemand helfen wollte, bin ich mehrmals weggelaufen. Ein Mal hat man mich wieder zurückgebracht. Beim zweiten Mal hatte ich die Bahn benutzt und mich in der Toilette versteckt bis ich weit genug weg war», erklärte er.

«Und wo genau lebst du dann jetzt?», fragte Sascha besorgt, woraufhin Jonas ihn direkt ansah.

«Ich habe eine Tante irgendwo in der Schweiz. Aber um bei ihr unterzukommen brauche ich Geld. Deshalb spare ich gerade, wo ich nur kann. Ich dachte, in einer Großstadt würde ich dabei mehr Erfolg haben, aber dem war nicht so.

Ich versuchte, mich für irgendwelche Kleinarbeiten zu bewerben, aber keiner wollte einem so verdreckten Jungen wie mir eine Arbeit geben. Nicht mal das Verkaufen von Würsten auf offener Straße wurde mir anvertraut», brummte Jonas fast schon beleidigt und strich sich ein paar Strähnen aus dem Gesicht.

«Als ich schon mit dem Gedanken gespielt hatte zurückzukehren, traf ich dann auf Jan und Dorian. Du erinnerst dich sicher noch an ihn. Das ist der Kollege, der auf dich losgegangen ist. Er ist Teil einer größeren Gruppierung. Sie bewohnen einen Wohnblock in einem abgelegenen Viertel hier in der Nähe. Ich darf dir nicht erklären, wo dieses Viertel liegt, weil der Ort geheim bleiben muss.

Es ist eigentlich schon ein Vertrauensbruch, dass ich dir überhaupt von ihnen erzähle. Aber sie sind nun mal ein Teil meiner Geschichte», erklärte er und fing an, mit einem brüchigen Zweig Muster in den Sand zu malen. «Sie haben mich aufgenommen und mir eine Aufgabe gegeben.»

«Und die wäre?», frage Sascha neugierig.

«Drogen.», gab Jonas trocken von sich woraufhin Sascha geräuschlos aber scharf die Luft einzog.

Das erklärte jedenfalls, warum er die Sache mit Jan alleine klären wollte. Und auch warum er immer so vorsichtig mit dem war, was er sagte.

«Hat dieser Jan nicht selbst ein Drogenproblem? Ich dachte immer, Dealer nehmen keine Drogen, sondern verkaufen sie nur?»

Jonas seufzte.

«Der eigentliche Händler und Beschaffer der ganzen Sachen ist ein anderer. Jan ist einfach nur jemand aus der Szene. Er ist quasi der Kontaktmann, den man bei Interesse aufsucht und gibt dann die Informationen weiter. In letzter Zeit ist er aber extrem abgestürzt. Er war zuvor immer nur an Cannabis dran gewesen, aber vor kurzem ist er auf Kokain gestoßen und mittlerweile arbeitet sein Kopf überhaupt nicht mehr.»

«Hat er dich deshalb als undankbar bezeichnet?»

Jonas stellte die Tasse ab und fuhr sich durchs Gesicht.

«Er hat mich eingelernt. Er stellte mir einen Schlafplatz zur Verfügung, gab mir Kleidung und Essen und wenn ich, besonders am Anfang, zu wenig Klienten hatte, teilte er seine Einnahmen mit mir. Ich denke, wenn er das Zeug nie genommen hätte, wäre er sicher ein netter Kerl gewesen.

Aber in dem Zustand ist er mir einfach zu aufdringlich. Und seit er weiß, dass ich nur auf der Durchreise bin, hat sich sein Verhalten sogar noch verschlimmert.»

Sascha fühlte sich schlagartig hundeelend. Jonas würde ihn also verlassen, sobald er das Geld zusammen hatte? Sollte diese Bekanntschaft wirklich nur von so kurzer Dauer sein?

«Ihr seid also kein Paar mehr?»

Jonas lachte leise auf.

«Und wenn wir eins wären?», fragte er mit einem fast schon herausfordernden Blick, in den sich gleichzeitig noch ausreichend Traurigkeit mischte, dass es Saschas Herz zu brechen drohte.

Doch viel mehr als sein Blick verletzten Sascha seine wildlaufenden Vorstellungen von ihnen beiden.

«Ich glaube, es würde mir nicht gefallen.»

«Ich kann es verstehen, wenn du dich vor mir ekeln würdest.»

Sascha kräuselte die Stirn.

«Was? Nein, das habe ich damit nicht gemeint», rief er plötzlich mit entsetzen in den Augen.

«Es gefällt mir nicht, dass ihr ein Paar seid, weil… ich dich mag.»

Er schluckte. Das Geständnis war so unangenehm, dass er am liebsten auf der Stelle im Rhein untergetaucht wäre.

Jonas blinzelte ihn einen Moment lang schweigend an und nahm die Teetasse wieder an sich.

«Wir sind nicht zusammen.»

Er klammerte sich an die halbvolle Tasse und vergrub seine Nase darin.

«Und ich mag dich auch.»

Sascha konnte kaum glauben, was er da hörte.

War das wirklich wahr oder sagte er das nur, um ihn nicht zu kränken?

Als Jonas dann aber an seine Seite rückte und seinen Kopf auf seiner Schulter ablegte, schien er überzeugt. Durch seine plötzliche Nähe schoss ihm das Blut in den Kopf.

«Erzähl mir etwas von dir.»

Sascha blinzelte.

«Hatte ich dir nicht schon so viele Dinge über mich erzählt?», fragte er verwundert und Jonas' lächelte verlegen.

«Das macht nichts. Ich höre deine Stimme gerne.»

Sascha seufzte verlegen.

Wie konnte ein Junge einem anderen so unverhohlene Komplimente machen?

«Also schön. Ich bin achtzehn Jahre alt und kurz vor meinem Abitur. Nach dem Abitur möchte ich den Master für Betriebswirtschaft absolvieren und

arbeite anschließend bei meinem Vater als Verkäufer im Weinhandel. In meiner Freizeit bin ich ab und an mit meinen Freunden unterwegs, doch das passiert nicht besonders oft. Die meiste Zeit sehe ich sie nur im Training.
Früher habe ich auch viel gemalt, aber in letzter Zeit fehlt mir oft die Muße dazu. Ich bin am Abend meistens so müde, dass mir gar nicht mehr danach ist. Also verglichen zu deinem Leben ist meins geradezu langweilig», gab er leise lachend von sich.
«Du möchtest also Kaufmann werden?» Sascha sah auf seinen unsicheren Wortlaut hin überrascht zu ihm runter. Seine Haare kitzelten an seinem Hals und er verspürte das Bedürfnis seinen Arm, um ihn zu legen.
«Nein, nicht wirklich. Aber meine Eltern haben das Ganze schon ein bisschen vor arrangiert, deshalb komme ich da nicht drum herum»,

meinte er. Jonas richtete sich plötzlich auf und sah ihn ernst an.

«Du willst also kein Kaufmann werden?» Sascha spitzte die Lippen.

«Ich…»

«Ja oder nein?», fragte er fast schon provokant und der Dunkelhaarige biss die Zähne zusammen.

«Nein!», rief er aus dem Impuls heraus und merkte, wie ihm schlagartig ein Stein vom Herzen fiel. Das war das erste Mal, dass er das so offen geäußert hatte.

«Was willst du denn dann wirklich werden?», fragte Jonas neugierig und Sascha seufzte.

«Keine Ahnung. Ich liebe es, zu malen. Vielleicht wäre ich viel lieber Grafikdesigner oder Künstler geworden. Hauptsache ich kann malen. Denn das ist wirklich das Einzige, was ich stundenlang machen könnte, ohne müde zu werden», erklärte er.

Jonas lächelte plötzlich und Sascha bekam das Gefühl nicht los, dass der Blonde dieselbe Leichtigkeit vernahm, die auch ihn so plötzlich übermannt hatte.

«Warum machst du dass dann nicht einfach?»

Sascha seufzte.

«Ich muss den Laden meiner Eltern übernehmen. Ich bin der einzige Erbe.»

«Aber du willst den doch gar nicht übernehmen. Du trinkst ja noch nicht mal Wein. Glaubst du, sie wären glücklicher, wenn du ihnen was vormachst?»

«Ganz offensichtlich ja, denn als ich es nicht getan habe, haben sie mich nicht einmal mit dem Allerwertesten angesehen», knurrte er und merkte viel zu spät, dass er zu laut war. «Außerdem haben sie recht. Gute Ware verkauft sich von selbst. Deshalb bietet mir das LeVin Sicherheit und Wohlstand.»

Er schlang einen Arm um Jonas' Schulter und drückte ihn sanft an seine Seite.

«Ich möchte, dass es meiner zukünf-
tigen Familie gut geht und das sie alles
haben kann, was sie sich wünscht. Und
ich glaube, niemand hätte sich das so
sehr verdient wie du. Deshalb kann ich
mich nicht einfach nur darauf verlassen, dass ich lukrative Werke in die
Welt setze. Die Arbeit wäre viel zu
unsicher. Was ist, wenn ich versage?»
Jonas löste sich von seiner Schulter und
stand auf. Wie gebannt in die Ferne bli-
ckend trat er schließlich ans Ufer.
«Zwischen Können und Tun liegt oft
ein Meer und auf seinem Grund gar oft
die gescheiterte Willenskraft», sagte
Jonas plötzlich und Sascha erinnerte
sich prompt wieder an seinen Ethik-
unterricht.
«Wenn mich meine Erinnerung nicht
täuscht, ist das von Marie von Ebner-
Eschenbach.»
Jonas nickte kaum merkbar.
«Glaubst du, ich wäre meinem Vater
entkommen, wenn ich mir damals die-

selben Gedanken gemacht hätte wie du? Ich habe mir lange eingeredet, dass ich meinen Vater nicht im Stich lassen konnte. Er war ein alter gekränkter Mann und ich hatte meiner Mutter versprochen, auf ihn aufzupassen. Demnach fühlte ich mich an meinen Leidensort gefesselt und wenn ich Schmerzen erfuhr, suchte ich mir Menschen, denen ich mein Leid vorwerfen konnte.

Und das habe ich so lange gemacht, bis die Situation unerträglich wurde. Als ich dann aus einem plötzlichen Impuls heraus in den Zug gestiegen war, wurde mir klar, dass die ganzen Fesseln, die ich mir monatelang eingeredet hatte, nur in meinem Kopf gewesen waren. Sie waren die Angst vor dem Unbekannten. Aber wenn man die Wahl zwischen dem Unbekannten und der Hölle hätte, warum sollte man dann die Hölle wählen? Also wählte ich das Unbekannte.»

«Ja, und seitdem dealst du mit Drogen, lebst mit einem Junkie zusammen und kannst dir nicht einmal was Gescheites zum Anziehen kaufen», meinte Sascha schnippisch und erwartete eigentlich einen satten Konter, doch Jonas schien sich gar nicht erst auf dieser Ebene unterhalten zu wollen.

«Das, was ich jetzt durchlebe, ist lediglich eine Unannehmlichkeit. Verglichen zu meinem Leben davor, fühlt es sich jetzt wie das Paradies an.»

Er drehte sich zu Sascha um und verschränkte lächelnd die Arme hinterm Rücken.

«Außerdem konnte ich dadurch dich treffen. Und nichts macht mich glücklicher als das.»

Sascha sah verlegen zur Seite. Er hatte Recht.

Wie war er überhaupt auf die Idee gekommen ihm ausgerechnet das vorzuwerfen? Am Ende suchte er sich auch nur eine Ausrede, um in seiner Opferrolle zu verharren. Denn wenn er ehrlich war, hatte er auch nur Angst vor der Enttäuschung seinen Eltern. Er fühlte sich so erbärmlich.

Als er den Kopf hob, sah er, wie Jonas sich vor ihn kniete und ihm sanft über die Wange strich.

«Ich möchte, dass du weißt, dass ich kein Geld und keine teuren Sachen von dir brauche. Ich werde an mir arbeiten und irgendwann zu jemandem werden, der selber auf sich aufpassen kann. In der Zwischenzeit wünsche ich mir nichts Sehnlicheres, als das du über deinen Schatten springst und zu der Person wirst, die du immer sein wolltest. Und bis dahin bleibe ich bei dir und unterstütze dich, so gut ich kann.»

Die Worte trafen einen wunden Punkt in Saschas Körper und er hatte Mühe, die Tränen zu unterdrücken.

Womit hatte er sich diesen kleinen Engel überhaupt verdient?

Jonas war Sascha so nahe, dass dieser seinen warmen Atem in seinem Gesicht spürte. Für einen Moment war der Dunkelhaarige so verwirrt, dass er dachte, er hätte noch nie etwas so Schönes gesehen. Und während er noch mit sich selbst haderte, hatte der Blonde auch schon seine Lippen auf die seine gelegt.

Ganz sanft und kaum spürbar wie der flüchtige Federschlag eines Schmetterlings und Sascha glaubte, im Himmel zu sein.

All seine Sorgen schienen sich schlagartig in Luft aufzulösen. Er schlang seine Arme um den unteren Rücken seines blonden Freundes und erwiderte seinen Kuss nicht nur innig, sondern auch noch so abrupt, dass der Blonde zwar aufzuckte, sich aber nicht wehrte.

Wie oft Jonas sich auch dafür entschuldigt hatte, dass er ihm nicht mehr als seine Vergangenheit und seinen Lieblingsort anbieten konnte, Sascha machte

das nichts aus. Er war so dankbar für
das Vertrauen, das Jonas in ihn gesteckt
hatte, und hatte daraufhin beschlossen
die Geste zu erwidern, indem er ihn
ebenfalls zu sich einlud.

Kapitel 7

Seine Eltern waren am Morgen des zweiten Weihnachtstages aufgebrochen, um irgendwelche Freunde zu besuchen, und es hatte zwar eine Weile gedauert, aber er konnte sie am Ende doch noch davon überzeugen ihn alleine zu lassen. Oder vielleicht nicht ganz so alleine.

Als Jonas das Haus betreten hatte, war er sichtlich beeindruckt. Es war ungewohnt groß, und zwar bescheiden aber dennoch geschmackvoll eingerichtet. Im Wohnzimmer brannte ein Kamin und es war leise Musik zu hören. Überall roch es nach Zimt und Wärme.

Er führte ihn in sein Zimmer und schloss das Fenster, das er zum Lüften offengelassen hatte.

Die Wände waren voll mit Bildern, auf die er einst mal stolz gewesen war. Ursprünglich plante er, sie abzuhängen, um nicht ständig an das Aufgeben erinnert zu werden, aber nach dem Gespräch mit Jonas empfand er fast schon wieder sowas wie stolz für seine bisherigen Leistungen.

Einen Teil der Bilder hatte er erst am Vortag angebracht. Dabei war er bei der Idee weniger von praktischer Vernunft ausgegangen, sondern viel mehr von dem kindischen Wunsch, Jonas zu beeindrucken.

Und es schien ihm auch zu gelingen.

Jonas stand mit verschränkten Armen hinterm Rücken vor einer der Wände und musterte mit einem zarten Lächeln das längliche Gemälde von der Villa Berberich.

«Ist das nicht die Villa in der Nähe des Waldes, wo wir uns das erste Mal getroffen haben?»

Sascha nickte.

«Ja, die Villa hat eine lange Tradition in unserer Familie. Mein Urgroßonkel hatte eine gute Beziehung zu den eigentlichen Besitzern der Villa gehabt.

Wenn es irgendetwas zu feiern gibt, finden diese Feiern mit großer Wahrscheinlichkeit dort statt. Als Zeichen des Respekts sozusagen.»

«Cool. Ich mag den Park um die Villa herum, aber da sind mir immer so viele Leute.»

Der Blonde schritt das Zimmer analysierend durch den Raum und blieb schlagartig stehen, während er das Bett und das Sitzkissen auf seinem Schreibtischstuhl musterte. Sascha hatte schon so eine Ahnung, was ihn beschäftigte.

Das Haus war so sauber, dass Jonas sich kaum traute, Platz zu nehmen aus Sorge die Möbel mit seinen verdreckten Sachen zu beschmutzen.

Daraufhin bot Sascha ihm an, das Badezimmer zu benutzen und ein paar seiner alten Sachen anzuziehen. Die Kleidung konnte er eigentlich auch gleich behalten, da er ihnen längst entwachsen war und sie lediglich seinen Kleiderschrank belegten. Als Jonas dankend im Badezimmer verschwand, holte Sascha die Sachen aus dem Schrank.

«Die Anziehsachen liegen auf dem Bett. Ich richte uns schon mal etwas zum Knabbern und hol dich, wenn alles soweit fertig ist», rief er durch das Plätschern der Dusche hindurch und verschwand auch schon wieder in der Küche.

Als er fertig war und merkte, dass die Badezimmertür offen stand, kramte er die dreckigen Sachen von Jonas zusammen und schmiss sie in die Waschmaschine. Er klopfte an seine Zimmertür und als keine Reaktion folgte, trat er vorsichtig hinein.

Das weiße Hemd und die helle blaue Jeans machten Jonas zu einem völlig neuen Menschen. Die Haare waren ordentlich gekämmt, während sich sein Seitenscheitel über seiner Stirn kräuselte. Er lag friedlich zusammengekauert auf seinem Bett und atmete langsam

und rhythmisch ein und aus. Scheinbar
war er eingeschlafen.

Für einen Moment wich Sascha zurück,
als ihn ein seltsamer Sog erfasste, der
von dem Blonden ausging. Die Ehr-
furcht vor seinen inneren Trieben
lähmte ihn vorübergehend während er
sich selbst daran erinnerte ein Gentleman sein zu müssen.

Also trat er ans Bett und strich ihm die
Haare aus dem Gesicht. Er wusste, er
musste den kleinen Kerl wecken, doch
wie oft er es auch versuchte, er bekam
es doch nicht übers Herz. Er sah einfach
zu friedlich aus. Da er schlecht ohne ihn
essen konnte, legte er sich ganz vorsichtig neben ihn.

Er drehte sich auf die Seite und starrte
für eine Weile auf seinen Rücken. Ihm
war noch nie so wohl gewesen und er
hätte eine halbe Ewigkeit neben ihm
verbringen können.

Jonas hingegen überkam ein allgegen-
wärtiges Kribbeln und er drehte sich

um. Dabei trafen seine Augen auf die geschlossenen Augen von Sascha.

Kapitel 8

Hitze stieg in ihm auf, als ein rabiater Sog von ihm ausging. Seine Nähe jagte ihm einen sehnsüchtigen Schauer über den ganzen Körper und er schloss abrupt die Augen, schämte sich für das plötzliche Verlangen.

Aus Angst, seinen scheinbar schlafenden Freund zu wecken, drehte er sich wieder um und versuchte es ihm gleich zu tun. Doch kaum hatte er die Augen geschlossen, fühlte er auch schon zwei Hände, die sich um seinen Bauch schlangen. Er spürte Saschas heißen Atem an seinem Nacken abprallen, was ihm einen wohligen Schauer über den Rücken jagte.

«Sascha..»

«Hmm...»

«Hab ich dich geweckt?»

Jonas hörte Sascha leise lachen.

«Ist das nicht ein bisschen zu viel an

Beherrschung, die du mir da abverlangst?»

Die Arme des Dunkelhaarigen wanderten seine Brust hinauf und schlangen sich enger um seinen Geliebten.

«Ich weiß nie, ob du mich verführst oder einfach nur naiv bist.»

Sascha platzierte einen flüchtigen Kuss auf Jonas' Nacken, woraufhin dieser verlegen den Kopf in seinen Händen vergrub.

Sascha grinste, als er merkte, dass er gerade eine neue Vorliebe für sich entdeckt hatte. Als Sascha seinen Griff lockerte, drehte sich Jonas um. Sein Gesicht war ganz rot vor Verlegenheit.

«Hast du Angst?», fragte Sascha und strich ihm ein paar Strähnen aus dem Gesicht.

«…ein bisschen», gab der Blonde zögernd zu

Sascha schenkte ihm ein zerlaufenes Lächeln. Er liebte seine Ehrlichkeit.

«Ich bin auch nervös.» er umschlang

eine seiner Hände und führte sie an seine Lippen für einen trockenen Handkuss.

«Sag mir einfach, wenn es dir zu viel wird.»

Jonas lächelte und schmiegte sich verschmust an Saschas Brust, als plötzlich die Tür aufsprang.

Erschrocken fielen beide sogleich wieder auf die jeweils eigene Bettseite und starrten wie gebannt zur Tür.

«Was geht hier vor sich?»

Herr Flemming stand unterm Türrahmen gelehnt und besah sich mit einer grimmigen Miene des Geschehens. Desiré stand hinter ihm und sah betroffen zur Seite. Allerdings schien sie von dem ihnen gebotenen Anblick deutlich weniger überrascht als ihr Ehemann.

«Nichts!», rief Sascha genervt und sprang vom Bett.

«Wir haben nur herumgealbert. Warum seid ihr überhaupt hier?»

«Der Flug ist wegen einer Wetterwarnung ausgefallen. Außerdem hatte ich ein paar Unterlagen vergessen. Aber das tut hier nichts zur Sache. Könntest du mir bitte erklären, was du unter herumalbern verstehst? Sag mir nicht, du hast zu wenig Erfolg bei Mädchen gehabt und bist jetzt auf Jungs umgestiegen. Das ist so abartig, dass es schon nicht mehr lustig ist!»

«Ich hab dir doch schon gesagt, dass wir nur herumgealbert haben. Zwischen uns läuft nichts.»

«Dein Freund scheint das aber anders zu sehen», sagte seine Mutter plötzlich und Sascha sah zu Jonas, der sich die Decke an seine Brust gepresst hatte und ganz offensichtlich mit den Tränen kämpfte.

Gleichzeitig war sein Gesichtsausdruck so kalt, dass es Sascha schier den Hals zuschnürte.

«Bist du sicher? Bei deinem impotenten Verhalten würde mich das auch nicht

mehr wundern. Kaum zu glauben. Mein Sohn ist ein Uranist! Sowas hats bei uns auch noch nicht gegeben.»
Herr Flemming spuckte die Wörter förmlich heraus. Der Gedanke schien ihm mehr, als nur nicht zu gefallen. Er widerte ihn an. Sascha wusste nicht, was ihn mehr erdrückte, Jonas' enttäuschtes Gesicht oder die Worte seines Vaters, denn beide attackierten sein verwirrtes Herz wie ein Schwarm unzähliger Dolche. Er presste schließlich die Lippen aufeinander.
«Ich… bin nicht schwul.»
Jonas sprang auf seine Worte hin plötzlich auf und rannte aus dem Zimmer.
Eine Stimme in ihm forderte Sascha dazu auf Jonas zu folgen, aber ein anderer Teil hatte viel zu große Angst vor den Konsequenzen.
Wieso hatte er sich diese Frage eigentlich niemals gestellt? Die Frage, ob es überhaupt in Ordnung gewesen war, sich in diesen Jungen zu verlieben.

«Sascha, Schatz! Du kannst doch nicht ewig in deinem Zimmer bleiben. Irgendwann musst du auch mal was essen!»

Frau Flemming klopfte nun schon zum dritten Mal besorgt an Saschas Zimmertür.

Seit er mit Jonas erwischt wurde, hatte er sein Zimmer nicht mehr verlassen. Er hatte versucht, sich bei Jonas zu entschuldigen, aber der antwortete nicht auf seine Nachrichten. Daraufhin schien sein Kopf sich völlig abgeschaltet zu haben.

«Lass ihn ein wenig vor sich hin schmollen. Vielleicht treibt ihn das Alleinsein wenigstens etwas von seiner Schamlosigkeit aus. Was da sonst noch auf der Straße herumläuft, ist mir egal, aber mein Sohn wird auf keinen Fall eine Schwuchtel werden! Wenn er in seinem Zimmer bleibt, muss ich mir wenigstens keine Sorgen um ihn machen!», brüllte sein Vater im Hintergrund und Sascha stellte seine Kopfhörer lauter.

Er konnte sich die Missbilligungen seines alten Herren nicht mehr anhören. Teilweise konnte er noch nicht mal begreifen, was er falsch gemacht hatte.

Im Grunde hatte er sich einfach nur verliebt.

Doch von dem Gefühl der Liebe war nicht mehr viel übrig. Er fühlte sich schäbig. Wollte weder seine Eltern sehen, noch mit seinen Freunden schreiben. Weder besuchte er das Training noch interessierten ihn die Farben in seiner Ecke.

Das Zimmer verstaubte zunehmend während sich die Luft im Raum immer mehr verschlechterte. Er sah keinen Sinn darin, das Zimmer zu lüften. Niemand außer ihm sollte es betreten.

Das Hungergefühl hatte ihn schon lange verlassen und er fühlte sich seit zwei Tagen immer kränklicher. Sein

Geist schien so abgetrennt vom Rest der Welt, dass er die Tage nicht von den Nächten unterschied, die Stimmen in seinem Kopf nicht von den Stimmen in seinem Zimmer.

Die meiste Zeit zog es ihn in den Schlaf. Ins Land der Träume. Da wo Jonas beim Rheinkanal schon auf ihn wartete. Er konnte es jedes Mal kaum erwarten, ihn zu treffen, den Hügel hinunterzurutschen, und ihn auf dem sandigen Ufer in den Arm zu schließen. Doch jedes Mal, wenn er ihn berührte, zersprang sein surrealer Körper in unzählige Schmetterlinge, die mit der kalten Winterbrise über den Rhein zogen und in der sich immer weiter ausdehnenden Dämmerung ver- schwanden.

Als Sascha plötzlich eine Hand auf seinen feuchten Wangen spürte, hob er die verklebten Lider. Lia saß am Bett- rand und warf ihm einen wehleidigen Blick zu.

«Wie bist du hier reingekommen?»,
fragte er verwirrt und sah sich in
seinem seit Tagen unveränderten
Zimmer um.

«Du hast vergessen, die Tür abzuschlie-
ßen», erklärte sie und drückte Sascha
wieder aufs Bett als er versuchte aufzu-
stehen. «Bleib liegen, du hast Fieber!
Mann bist du vielleicht ein Chaot. Ich
war nur für eine knappe Woche weg
und schon reißt du ein ganzes Weltbild
nieder. Und ich dachte, du seist ein
Spießer», meinte sie leise lachend.

Sascha zögerte.

«Du... bist überhaupt nicht überrascht?»

Sie gab einen tiefen Seufzer von sich.

«Nein. Eigentlich nicht. Ich stand
schließlich schon praktisch nackt vor
dir, aber du hast noch nicht einmal mit
der Wimper gezuckt» schmollte sie
überspitzt und tippte ihm auf die Stirn.

«Du bist, was Schule angeht, ein rich-
tiges Genie, aber von dir selber scheinst

du echt gar keine Ahnung zu haben»,
tadelte sie ihn gespielt und lächelte mit-
fühlend.

«Ich wollte mich nicht in ihn verlieben.
Es ist einfach passiert» stotterte er vor
sich hin, als sie ihm abrupt einen Finger
auf die Lippen drückte.

«Ah..ah..ah.. hör auf dir Vorwürfe zu
machen! Du suchst dir deine sexuelle
Orientierung nicht aus. Hast du es nicht
gerade sogar selber gesagt? Es passiert
einfach.»

«Ich kann meinen Eltern noch nicht einmal in die Augen sehen. Sie schämen
sich für mich.»

Er merkte, wie ihm langsam wieder die
Tränen hochkamen, und versteckte sie
schließlich hinter seinen Handflächen.

«Kannst du mich bitte alleine lassen?»
Lia seufzte ein weiteres Mal und schüttelte den Kopf.

«Nein, kann ich nicht», sie schlang ihre
Arme um ihn und drückte ihn sanft an
sich.

«Wenn ich dich jetzt alleine lasse, wirst du in diesem Zimmer verkommen. Ich denke, es ist an der Zeit, dass du endlich das tust, was ich an deiner Stelle getan hätte, wenn ich volljährig wäre.»

«Was meinst du?»

«Hör auf es allen recht zu machen und fang endlich an für dich selbst zu leben. Es ist immer nur der Anfang, der schwer ist.

Danach kann es nur besser werden. Besonders dann, wenn du schon weißt, was du willst. Und du weißt doch längst, was du willst, nicht wahr?»

Sascha richtete sich auf und vergrub sein Gesicht in ihrer Schulter. Sie hatte recht.

Das wusste er wirklich.

«Danke, dass du immer für mich da warst. Und...» er zögerte. «Es tut mir leid.»

Sie presste die Lippen aufeinander und schüttelte die aufkommenden Tränen

unterdrückend den Kopf.
«Dafür sind Freunde doch da.»

Kapitel 9

Sascha hatte ein paar Tage gebraucht, um wieder auf die Beine zu kommen.

Besonders nach den Diskussionen mit seinen Eltern, denn die waren von seinen Zukunftsvorstellungen alles andere als begeistert.

Mit Lia als Rückenstütze merkten die beiden allerdings schnell, dass sie ihn nicht festhalten konnten.

Er war ein junger Erwachsener, klug, begabt und mit einem ausgeprägten Gefühl für Disziplin. Als er Lia das sagen hörte, schien Sascha schlagartig zu verstehen, was Jonas gemeint hatte, als er sagte, dass es immer wir selbst waren, die uns an unsere Probleme fesselten.

Wie konnte er auch nur einen Moment daran zweifeln, dass er auch ohne die Anerkennung seiner Eltern auf dieser

Welt existieren und glücklich sein konnte?

Und als er an dem besagten Abend seinen Eltern dann endlich den Rücken gekehrt hatte, fühlte er sich so befreit wie noch nie.

Es galt nur noch eins zu tun. Er musste Jonas finden.

Denn wie positiv sich die Umstände auch entwickelt hatten, ohne ihn würde sein Leben niemals vollkommen sein.

Deshalb hatte er ihm eine weitere Nachricht geschrieben und ihn gebeten am Silvesterabend beim Rheinkanal auf ihn zu warten.

Der Gedanke, ihm zu begegnen graute ihn ein wenig, schließlich endeten die Begegnungen in seinen Träumen immer auf eine sehr deprimierende Art und Weise.

Aber diesmal würde es kein Albtraum werden. Nicht, wenn er seiner Bitte folgen würde.

«Bist du sicher, dass du das tun willst?

Was ist, wenn er dich nicht mehr sehen will?»

Frau Flemming lehnte am Garderobenständer und sah besorgt auf die kleine Papierrolle in Saschas Hand.

«Wenn ich in den letzten Wochen etwas über ihn gelernt habe, dann ist es das, dass er mich immer so geliebt hatte, wie ich war. Etwas, was ihr beide wohl niemals über euch bringen werdet.

Und komm mir jetzt nicht wieder damit, dass ich euch für irgendetwas dankbar sein sollte! Die Nummer zieht nicht mehr!», zischte er und steckte die Rolle in die Seitentasche.

Frau Flemming seufzte, trat auf ihn zu, legte ihre Arme um ihn und drückte ihn so liebevoll an sich wie schon lange nicht mehr.

«Tut mir leid», hauchte sie plötzlich. «Wir waren wirklich nicht gerade sowas wie die Vorzeigeeltern. Aber am Ende wollten wir dich wirklich nur beschützen. Auch, wenn das für dich vielleicht nicht so ausgesehen haben mochte.»

Sie löste sich langsam wieder von ihm und schluckte die aufkommenden Tränen hinunter.

«Du weißt, dass Leute über euch sprechen werden», sagte sie zögernd und Sascha nickte.

«Das weiß ich. Und ich hatte genug Zeit, um mich mental darauf vorzubereiten. Auch, wenn mich die Anderen nie wirklich interessiert hatten. Euer Verständnis hätte mir völlig gereicht.»

Sie sah betroffen zu Boden.

«Würdest du dich bei Jonas für unser Verhalten entschuldigen?»

Sascha blinzelte ungläubig.

«Papa hat sich entschuldigt?»

Sie schmunzelte ein wenig.

«Lass deinen Vater mal meine Sache sein. Du solltest dich jetzt beeilen, bevor es dunkel wird. Und passt bitte auf euch auf!»

Sascha erwiderte ihr Lächeln, nickte hastig und verschwand in der Kälte.

Es war mittlerweile so dunkel geworden, dass Sascha Mühe hatte, den Kanal ausfindig zu machen. Meistens trafen sie sich an einem vorher vereinbarten Platz, von wo aus sie zusammen losgingen. Aber klar, es war ja nicht umsonst ein Geheimversteck.

Jonas hatte ihm auf seine letzte Nachricht hin auch noch nicht geantwortet und obgleich Sascha Zweifel hatte, wollte er die Hoffnung nicht aufgeben.

Als er die Treppen gefunden hatte, stieß er erleichtert ein Dankgebet aus und tapste den Hügel abwärts. Auf der Brücke angekommen, hielt er inne. Eine unbegründete Panik stieg in ihm auf. Er war nun schon so weit gekommen.

Er konnte jetzt keinen Rückzieher machen!

Langsam überquerte er die Brücke und hielt schließlich am sandigen Ufer um einen Blick auf den hübschen jungen

Mann vor sich zu werfen, dessen Konturen mit dem gelblichen Schein des Lagerfeuers zu verschmelzen schienen.

Die losen Zweige am Ufer knacksten unter seinen Füßen, während er sich seinen Weg zum Ufer bahnte. Jonas hob aufmerksam den Blick, machte aber keinerlei Anstalten sich umzudrehen.

«Ich hatte schon Angst, du würdest nicht kommen.»

«Ich habe auch lange gezögert», gab der Blonde zurück, während sein Blick weiterhin auf den Fluss gerichtet war.

Er schien nicht wütend zu sein. Vielleicht etwas erschöpft.

Sascha trat an den Jungen heran, schlang behutsam die Arme um seine Schultern und vergrub sein Gesicht in den flauschigen blonden Haaren seines Geliebten.

«Er tut mir wirklich leid, was passiert ist. Das war einfach nur dumm von mir und ich bereue es so sehr.»

Sein Herz schlug so schnell, dass er Sorge hatte, es würde ihm aus der Brust springen. Die Begegnung mit ihm erinnerte ihn daran, wie sehr er ihn doch vermisst hatte.

«Ich hoffe, du kannst mir verzeihen.»
Jonas verkrampfte sich und Sascha ließ abrupt die Arme sinken.

«Ich bin dir nicht böse. Ich glaube einfach, dass du noch nicht weißt, was du wirklich willst. Und ich möchte mir nicht jedes Mal vergeblich Hoffnung machen, nur um dann wieder von dir verletzt zu werden. Ich mag zwar ruhig sein, aber ich bin nicht aus Stein, Sascha.»

Er drehte sich um und als Sascha sein Gesicht erfasste war er sprachlos. Sein sonst immer helles strahlendes Gesicht markierten zwei dunkle Schatten, die seine Lider umgaben.

Die Augen waren gerötet und er schien noch blasser als sonst. Sascha hatte auch das Gefühl, dass er viel magerer war als noch vor ein paar Tagen.

Er fühlte sich so schuldig, er hätte sich ohrfeigen können.

Die Bitterkeit stieg in ihm hoch, als er sah, wie sich Jonas die Traurigkeit aus den Augen rieb. Sascha konnte den Anblick kaum ertragen. Er zog ihn mit einem wohligen Seufzer an sich und presste ihn so fest an seine Brust, als fürchte er, er würde sich sonst in Luft auflösen.

In seiner Kehle stieg ein Schluchzen auf.

«Ich weiß, was ich will. Aber ohne dich ist alles sinnlos.»

«Wieso probierst du es stattdessen nicht lieber mit deiner Freundin? Das würde alles viel leichter machen», meinte Jonas und strich sich erneut mit dem Ärmel über die Augen.

«Für wen würde es das leichter machen? Ich liebe Lia nicht. Sie wird dich niemals ersetzen können!»

Er verfestigte seinen Griff.

«Was muss ich denn noch tun, um es dir zu beweisen? Ich kann nicht mehr tun als mich zu entschuldigen.»

Der Dunkelhaarige ließ von ihm ab und zog die Rolle aus der Seitentasche seines Rucksacks hervor. «Ich bitte dich, vergiss deine Tante und lass uns zusammen leben.»

Jonas' Augen weiteten sich, so überrascht hatte Sascha ihn auch noch nicht erlebt.

«Was ist das?», er zog das Gummiband von der Rolle und rollte einen Mietvertrag auf.

«Du willst ausziehen? Aber wohnst du nicht in einem Riesenhaus? Wieso willst du das für diese kleine Zweizimmerwohnung aufgeben?», fragte er überrascht, während Sascha ihm einen Kuss auf die Stirn hauchte.

«Wenn mein Vater ein Problem mit dir hat, dann hat er auch ein Problem mit mir. Ich werde nicht mit einer Person zusammenleben, die meinen Geliebten nicht akzeptiert. Ich weiß selber, wer zu mir passt und wer nicht.»

Auf Jonas' Wangen ruhte wieder diese rötliche Färbung.

Genau wie damals als er ihm das Geständnis gemacht hatte. Erst etwas verstohlen, dann ganz offen hob er schließlich den Blick und konnte sich das zaghafte Lächeln kaum verkneifen.

Doch ehe er seinen Gedanken äußern konnte, ertönten in der Ferne die dumpfen Schläge der Kirchenglocken, die das neue Jahr ankündigten. Die Schläge mischten sich mit dem explosionsartigen Zusammenspiel der Feuerwerkskörper, dessen Gequietsche und Geplatzte sich unter das Aufschlagen des Rheinwassers mit dem Ufer mischte.

Den Blick auf den Horizont über der gegenüberliegenden Insel gerichtet, verfolgten sie für eine geraume Zeit schweigend das farbenprächtige

Zusammenspiel und genossen ihr Beisammensein. Als sich die Wolken dann immer weiter zusammenzogen und die ersten Tropfen fielen, wandten sie sich vom Feuerwerk ab.

«Komm!», sagte Jonas plötzlich mit einem vielsagenden Lächeln im Gesicht, verschränkte seine Finger mit den Fingern seines Freundes und zog ihn auf den Pfad zurück.

Es gab schließlich noch eine Menge zu erledigen.

David und Alex:
Durch dich bin ich frei

Kapitel 1

David saß an seinem Schreibtisch, umgeben von Bergen von Papieren und blinkenden Bildschirmen.

Die Uhr zeigte bereits nach acht Uhr abends, und das Büro war bis auf das leise Summen der Klimaanlage still. Er rieb sich die Augenlider und blickte auf die Stadt hinunter, die unter ihm im nächtlichen Glanz erstrahlte.

Es war eine klare, sternklare Nacht – zu schön, um sie in einem leeren Büro zu verbringen.

Kurzentschlossen stand er auf, griff nach seiner Jacke und verließ das Gebäude. Die frische Luft tat gut, und fast wie von selbst fanden seine Schritte den Weg zu einer kleinen Bar in der Nähe, von der er oft gehört, die er aber noch nie besucht hatte.

Als er eintrat, war er überrascht von der gemütlichen Atmosphäre. Weiches

Licht, entspannte Gespräche, und in einer Ecke eine kleine Bühne, auf der ein Musiker mit einer Gitarre stand. Er bestellte ein Bier und ließ sich in eine Ecke nieder, von wo aus er eine gute Sicht auf den Musiker hatte.

Der Musiker, ein junger Mann mit intensivem Blick und leidenschaftlicher Ausstrahlung, begann zu spielen. Seine Stimme war klar und berührend, und seine Finger bewegten sich geschickt über die Saiten.

David fand sich gefangen in der Musik, die eine unerwartete Ruhe in ihm auslöste. Für einen Moment vergaß er den Stress und die Anforderungen seines Jobs.

Nach dem Set näherte sich der Musiker der Bar, und ihre Blicke trafen sich. «Ich bin Alex», sagte er mit einem warmen Lächeln.

David stellte sich ebenfalls vor, und sie begannen ein unbeschwertes Gespräch.

Um sie herum war die Bar ein Kaleidoskop aus Gesprächen und Gelächter, aber in ihrer kleinen Nische herrschte eine Intimität, die die Außenwelt ausschloss. Sie vertieften sich in Gespräche über die Nuancen der Musik, die Farben und Formen der Kunst und die philosophischen Pfade des Lebens.

Jedes Wort, das zwischen ihnen gewechselt wurde, baute eine stärkere Verbindung auf, unterstrichen durch die gelegentlichen Melodien einer sanften Gitarre, die von irgendwo im Hintergrund zu ihnen drang.

Als er später die Bar verließ, wusste David, dass dieser Abend etwas in ihm verändert hatte. Er konnte nicht genau sagen, was es war, aber er fühlte sich irgendwie leichter, als hätte die Musik und die Begegnung mit Alex eine Tür zu einem neuen Raum in seinem Leben geöffnet.

David war das, was viele als einen typischen «Aufsteiger» bezeichnen würden.

Geboren und aufgewachsen in einer Mittelklasse-Familie in der Vorstadt, hatte er sich durch Fleiß und Entschlossenheit seinen Weg gebahnt. Sein Vater war Ingenieur, seine Mutter Teilzeitbuchhalterin; sie hatten David stets den Wert von harter Arbeit und Beständigkeit vermittelt.

Nach seinem Abschluss in Marketing an einer renommierten Universität hatte David schnell eine Stelle in einer der führenden Marketingagenturen der Stadt ergattert. Mit 28 Jahren war er bereits ein angesehener Mitarbeiter, bekannt für seine innovativen Kampagnen und seinen unermüdlichen Einsatz.

Doch trotz seines beruflichen Erfolgs fühlte sich David oft isoliert. Seine letzte Beziehung mit einer ehemaligen Kommilitonin war vor einem Jahr zu Ende gegangen, und seitdem hatte er sich noch mehr in die Arbeit vertieft. Seine Freunde bemerkten, wie er sich langsam zurückzog und immer seltener an sozialen Aktivitäten teilnahm.

David war groß und sportlich, mit sorgfältig gestyltem Haar und einem unauffälligen, aber geschmackvollen Kleidungsstil. Er legte Wert auf sein Äußeres, sah es aber eher als notwendigen Teil seines Berufs. In seiner Freizeit bevorzugte er Bequemlichkeit – oft fand man ihn in Jeans und einem simplen T-Shirt.

Trotz seines äußeren Erfolges plagten David häufig Zweifel. Er fragte sich, ob die endlosen Arbeitsstunden und der ständige Druck es wirklich wert waren. Sein Leben schien nach außen hin perfekt, doch innerlich spürte er eine Leere, die er nicht zu füllen wusste.

Seine Familie war ihm wichtig, aber sie verstanden nicht immer die Belastungen seines Jobs. Seine Eltern waren stolz auf ihn, aber es gab eine stille Distanz – sie teilten nicht die Welt, in der er sich täglich bewegte.

Als er Alex in der Bar traf, war es das erste Mal seit Langem, dass David sich lebendig fühlte. Alex' Welt war so anders als seine eigene – frei und ungebunden. David wusste nicht genau, was er suchte, aber er wusste, dass er mehr von dieser neuen, faszinierenden Welt erfahren wollte, die Alex repräsentierte.

David saß an diesem Sonntagmorgen in seiner Wohnung, eine Tasse Kaffee in der Hand und blickte aus dem Fenster. Seine Gedanken drifteten zu Sarah, seiner Ex-Freundin.

Während des Studiums sind sie ein Paar geworden und waren fast vier Jahre zusammen gewesen. Sarah war intelligent, ehrgeizig und hatte einen scharfen Sinn für Humor. Sie hatten viele gemeinsame Interessen geteilt, aber letztendlich hatten ihre Lebenswege sie in unterschiedliche Richtungen geführt.

Sarah nahm irgendwann eine Stelle in einer anderen Stadt an, und obwohl sie es mit der Fernbeziehung versuchten, wurde bald klar, dass ihre jeweiligen Karrieren sie auseinandertrieben. Ihre Trennung war einvernehmlich und friedlich gewesen, geprägt von einem tiefen gegenseitigen Respekt und der Erkenntnis, dass ihre Zukunft nicht gemeinsam sein würde.

David erinnerte sich an das letzte Gespräch, das sie geführt hatten.

«Ich wünsche dir alles Gute, David. Du verdienst jemanden, der wirklich bei dir ist», hatte Sarah gesagt. Und er hatte geantwortet: «Das wünsche ich dir auch, Sarah. Du wirst immer einen besonderen Platz in meinem Herzen haben.»

Nach ihrer Trennung hatte David sich noch mehr in seine Arbeit vertieft. Er hatte gedacht, dass der Schmerz weniger werden würde, wenn er beschäftigt blieb. Aber an Tagen wie diesem, wenn die Stille ihn umgab, spürte er das Gewicht der Einsamkeit.

Die Begegnung mit Alex in der Bar hatte etwas in ihm geweckt. Es war nicht nur die Musik, es war Alex' ganze Art, das Leben zu betrachten – so unbeschwert und frei. David spürte, wie sich etwas in ihm veränderte. Vielleicht war es Zeit, seine eigenen Vorstellungen von Glück und Erfüllung zu überdenken.

Sarah sagte ihm einmal, dass er manchmal zu vorsichtig sei, dass er sich mehr dem Fluss des Lebens hingeben sollte. In diesem Moment fühlte David, dass vielleicht genau das der Schlüssel zu dem war, wonach er suchte.

David bemerkte eine neue Nachricht in seinen sozialen Medien, ein Kommentar von Anna, einer alten Freundin aus der Universität.

Anna: «Hey David, lange nicht gesehen! Wie geht es dir? Ich habe auf Insta gesehen, dass du neulich in dieser neuen Bar warst. Sieht cool aus! Wie war es?»

David: «Hey Anna! Ja, es ist eine Weile her. Mir geht's ganz gut, danke. Die Bar war wirklich toll, eine unglaubliche Atmosphäre und gute Musik. Hat mich irgendwie an unsere Uni-Zeiten erinnert.»

Anna: «Das klingt fantastisch. Ich vermisse diese Tage manchmal! Wir sollten wirklich mal wieder zusammen ausgehen. Vielleicht kannst du mir ja ein paar neue Orte zeigen?»

David: «Das wäre großartig. Ich muss zugeben, dass ich nicht oft ausgehe, aber das kann sich ja ändern. Lass uns bald was planen.»

Anna: «Absolut! Melde dich einfach, wenn du Zeit hast. Es wäre schön, mal wieder nachzuholen.»

Er nahm einen weiteren Schluck Kaffee und lächelte leicht. Vielleicht war es Zeit, neue Wege zu erkunden. Vielleicht war es Zeit, sich selbst zu erlauben, etwas Unerwartetes zu fühlen.

Kapitel 2

Alex saß in seinem kleinen, aber gemütlichen Apartment, umgeben von Musikinstrumenten und alten Vinylplatten. Die Wände waren mit Postern von Jazzlegenden und Rockikonen dekoriert, ein lebendiges Zeugnis seiner Leidenschaft für Musik. Er strich über die Saiten seiner Gitarre, die Melodie füllte den Raum mit sanften Klängen.

Musik war schon immer sein Zufluchtsort gewesen, sein Weg, sich auszudrücken und mit der Welt zu verbinden.

Als Kind hatte er Stunden damit verbracht, auf einem alten Klavier zu spielen, das in einer Ecke des Wohnzimmers seiner Eltern stand.

Seine Eltern, beide Kunstliebhaber, hatten seine musikalischen Ambitionen immer unterstützt, auch wenn sie manchmal besorgt waren über seinen unkonventionellen Lebensstil.

Alex hatte sich nie für einen traditionellen Karriereweg interessiert. Nachdem er das Musikstudium abgeschlossen hatte, entschied er sich gegen das sichere Umfeld eines Orchesters und für die Freiheit als Solokünstler. Bars, kleine Clubs, private Veranstaltungen – das war seine Bühne. Er genoss die Unmittelbarkeit der Reaktionen, das Gefühl der Verbindung mit seinem Publikum.

Sein Liebesleben war ähnlich ungebunden wie seine Karriere. Alex hatte einige kurze Beziehungen gehabt, aber nichts, was ihn wirklich gefesselt hatte. Er glaubte an die Liebe, aber sie hatte ihn noch nicht in ihrer ganzen Tiefe erfasst.

Die Begegnung mit David in der Bar hatte einen bleibenden Eindruck hinterlassen. Alex spürte, dass David anders war als die Leute, die er normalerweise traf.

Es gab eine Tiefe in ihm, die Alex neugierig machte. Er wusste nicht viel über Davids Welt, aber er fühlte, dass da mehr war, als auf den ersten Blick zu sehen war.

Während Alex nachdenklich im Raum saß, vibrierte sein Handy mit einer neuen Nachricht von seinem guten Freund Jonas, einem anderen Musiker, den er seit dem Studium kannte.

Jonas: «Hey Alex, wie läuft's? Schon ne Weile nichts mehr von dir gehört. Was machst du so?»

Alex: «Hey Jonas. So lange ist es doch noch gar nicht her. Eigentlich ist ja nächstes Wochenende wieder ein Essen mit den anderen geplant. Aber ehrlich gesagt, hab ich gerade etwas anderes im Kopf.»

Jonas: «Oh? Was geht bei dir? Neue Inspiration gefunden?»

Alex: «Vielleicht kann man das so nennen. Ich habe jemanden kennenge-

lernt. Sein Name ist David. Es ist...
anders diesmal.»

Jonas: «Hört sich ernst an, Mann. Du
und ‚anders‘ in einem Satz, das muss
etwas bedeuten. Erzähl mir mehr über
ihn!»

Alex: «Er ist interessant, tiefgründig.
Hat eine andere Art zu leben als ich,
aber irgendwie zieht es mich zu ihm
hin. Kann das nicht richtig erklären.»

Jonas: «Manchmal braucht es keine
Erklärung. Wichtig ist, dass es sich gut
anfühlt. Wann lernen wir ihn kennen?»

Alex: «Bald, hoffe ich. Ich glaube, er
würde gut in unsere Runde passen.»

Jonas: «Freue mich darauf, ihn kennenzulernen. Und falls du jemanden zum
Reden brauchst, bin ich da. Manchmal
können neue Beziehungen ganz schön
verwirrend sein.»

Alex: «Danke, Jonas. Das bedeutet mir
viel. Ich melde mich bald, versprochen.»

Alex legte sein Handy zur Seite und lächelte. Dieses Gespräch mit Jonas hatte ihm geholfen, seine Gedanken zu ordnen. Es war beruhigend zu wissen, dass er Freunde hatte, auf die er sich verlassen konnte.

Alex spielte eine sanfte Melodie, die er in der Nacht ihrer Begegnung komponiert hatte. Die Noten schienen die Stimmung jenes Abends einzufangen – eine Mischung aus Neugier, Hoffnung und einem Hauch von etwas Unbekanntem.

Er legte die Gitarre beiseite und dachte nach. Vielleicht war es an der Zeit, dass er auch in seinem persönlichen Leben neue Wege beschritt. Vielleicht war David der Anstoß, den er brauchte, um auch dort etwas Neues zu wagen.

Als David das kleine Café betrat, um dem regnerischen Nachmittag zu entfliehen, bemerkte er sofort eine vertraute Gestalt.

Es war der Musiker von der Bar, Alex, dessen Auftritt vor ein paar Tagen einen unauslöschlichen Eindruck hinterlassen hatte. Er saß alleine an einem Tisch, vertieft in sein Notizbuch.

David zögerte einen Moment. Sollte er ihn ansprechen? Schließlich nahm er all seinen Mut zusammen und ging auf den Tisch zu.

«Entschuldigung, Alex? Ich hoffe, ich störe nicht. Ich habe deinen Auftritt neulich in der Bar gesehen. Du warst wirklich großartig,» sagte David.

Alex blickte auf und lächelte. «Oh, danke! Du bist David, oder?»

«Ja, stimmt,» antwortete David, und sie schüttelten sich die Hände.

Sie bestellten Kaffee, und bald waren sie in ein Gespräch vertieft. Alex erzählte von seiner Musik, seinen Inspirationen und Träumen.

David war fasziniert von seiner Leidenschaft und seiner entspannten Art, das Leben zu nehmen.

Auf die Frage hin erzählte David von seiner Arbeit im Marketing, seinen Herausforderungen und Ambitionen. Es war ungewöhnlich für ihn, so offen zu sprechen, aber Alex' aufrichtiges Interesse und sein einfühlsames Zuhören machten es leicht.

Die Zeit verging wie im Flug, und als sie das Café verließen, war es bereits dunkel geworden. Sie hatten über alles Mögliche gesprochen, und David fühlte sich, als hätte er einen Freund gefunden, den er schon lange kannte.

Sie verabschiedeten sich mit einem Lächeln und dem Versprechen, in Kontakt zu bleiben. David ging nach Hause, mit dem Gefühl, dass diese zufällige Begegnung der Beginn von etwas Besonderem sein könnte.

In den folgenden Tagen entdeckten David und Alex gemeinsam die Stadt. Eines Nachmittags saßen sie in einem charmanten Café in der Altstadt, umgeben von kunstvoll verzierten Wänden und dem sanften Klang einer Jazzband im Hintergrund. Sie genossen den reichen Geschmack des frisch gebrühten Kaffees, während sie das Treiben auf den gepflasterten Straßen außerhalb des Fensters beobachteten.

Bei ihren Spaziergängen durch die malerischen Gassen entdeckten sie verborgene Galerien, deren Wände mit lebhaften und abstrakten Kunstwerken bedeckt waren, und besuchten intime Konzerte in kleinen, gedämpft beleuchteten Clubs, wo sie Seite an Seite die Leidenschaft und das Talent der lokalen Musiker erlebten.

David, der sich in seiner strukturierten Welt aus Terminen und Fristen bewegte, fand in Alex' unkonventioneller Lebensweise einen faszinierenden Kontrast. Alex lebte für den Moment, seine Termine waren flexibel, seine Pläne oft spontan. Er zeigte David kleine, versteckte Orte in der Stadt – Orte, die David trotz jahrelangen Lebens dort nie bemerkt hatte.

Eines Abends lud Alex David zu einem seiner Auftritte in einer kleinen Bar ein. David war beeindruckt von der Intensität, mit der Alex spielte, von der Verbindung, die er mit seinem Publikum aufbaute. Es war eine Welt, die David bisher nur aus der Ferne kannte, und er war fasziniert davon.

Nach dem Auftritt saßen sie zusammen und sprachen über Musik, Kunst und das Leben. David fühlte sich, als würde er allmählich eine neue Sprache lernen, eine Sprache voller Farben, Klänge und Emotionen.

«Du scheinst deine Arbeit zu lieben, aber sie scheint dir auch viel abzuverlangen,» bemerkte Alex während eines ihrer Gespräche.

David nickte.

«Ja, das tut sie. Manchmal frage ich mich, ob es das alles wert ist.»

Alex legte den Kopf schief und sah ihn nachdenklich an.

«Vielleicht ist es an der Zeit, das herauszufinden.»

Diese Worte hallten in Davids Kopf nach, als er später nach Hause ging. Er dachte an sein Büro, an die vielen Überstunden, an die seltenen Momente der Freude.

Dann dachte er an die Leichtigkeit, die er in Alex' Nähe spürte, an die Musik, die Farben, die Lachen. Es war, als hätte er gerade erst begonnen zu erkennen, wie eindimensional sein Leben bisher gewesen war.

David legte sich schlafen, aber die Gedanken an die geteilten Momente mit Alex und die Möglichkeiten, die vielleicht noch vor ihm lagen, hielten ihn wach.

Es war, als stünde er an der Schwelle zu einer neuen Welt, einer Welt, die er mit Alex zusammen erkunden wollte.

Es war ein sonniger Samstagmorgen, als Alex David zu einem Ausflug in den nahegelegenen Nationalpark einlud. David, der normalerweise seine Wochenenden mit Arbeiten oder Erledigungen verbrachte, zögerte zunächst. Doch die Aussicht, dem hektischen Stadtleben zu entfliehen, war verlockend.

Die Fahrt war geprägt von leichter Konversation und Musik, die Alex ausgesucht hatte – eine Mischung aus entspanntem Jazz und lebhafter Folk-Musik.

David fand sich lächelnd und entspannt, eine Seltenheit in seinem sonst so strukturierten Leben.

Im Park angekommen, atmeten sie die frische Luft ein und genossen die Ruhe der Natur. Sie wanderten durch Wälder, über Hügel und entlang eines kristallklaren Sees. David, der sonst selten Zeit in der Natur verbrachte, spürte, wie der Stress und die Anspannung von ihm abfielen.

Während sie auf einem Felsen am See saßen, die Füße im Wasser baumelnd, sagte David: «Ich habe vergessen, wie friedlich es hier draußen sein kann. In der Stadt ist immer alles so laut und hektisch.»

Alex nickte. «Manchmal braucht man einen Moment, um innezuhalten und die Welt um sich herum zu schätzen. Es gibt so viel Schönheit, die man verpasst, wenn man immer nur beschäftigt ist.»

David sah auf den See hinaus, beobachtete, wie das Sonnenlicht auf dem Wasser tanzte. Er dachte an sein Büro, an die endlosen Meetings und Berichte. Dann sah er zu Alex, der mit geschlossenen Augen das Sonnenlicht genoss.

Dieser Tag im Nationalpark war mehr als nur eine Pause von der Arbeit; es war ein Fenster in eine andere Welt, eine Welt, die David fast vergessen hatte. Eine Welt, in der es nicht nur um Erfolg und Verpflichtungen ging, sondern auch um die einfachen Freuden des Lebens.

Auf der Rückfahrt fühlte sich David erfrischt und nachdenklich. Er war dankbar für diesen Tag, dankbar für Alex und die neue Perspektive, die er ihm gab. Etwas in ihm hatte sich verändert, und er war gespannt, wohin dieser neue Weg ihn führen würde.

Es war Alex' Idee, spät in der Nacht zum Aussichtspunkt außerhalb der Stadt zu fahren, um Sterne zu beobachten. David, der sich normalerweise zu dieser Zeit längst auf den nächsten Arbeitstag vorbereitete, ließ sich widerwillig darauf ein.

Doch als sie dort ankamen, überwältigt von der Stille und der Pracht des nächtlichen Himmels, war er Alex dankbar für diesen Impuls.

Sie breiteten eine Decke aus und legten sich hin, den Blick in den Himmel gerichtet, der mit unzähligen Sternen übersät war. Die Stadtlichter waren weit entfernt, und die Milchstraße zog sich wie ein leuchtendes Band über sie.

«Als Kind habe ich mir vorgestellt, eines Tages zu den Sternen zu reisen», sagte Alex leise. «Ich habe immer davon geträumt, Astronaut zu werden, die Erde aus dem Weltraum zu sehen.» David lächelte.

«Ich wollte immer Geschäftsmann werden», antwortete er. «Es klingt jetzt so trocken im Vergleich.»

«Träume verändern sich», meinte Alex. «Aber es ist nie zu spät, neue zu haben.»

Diese Worte ließen David nachdenklich werden. Was waren seine Träume jetzt? Konnte es sein, dass es mehr im Leben gab, als die Karriereleiter, die er so mühsam erklommen hatte?

Sie sprachen über ihre Kindheit, ihre Hoffnungen und Enttäuschungen, ihre verlorenen und gefundenen Träume. Es war ein Austausch von Gedanken und Gefühlen, so roh und echt, dass David sich fragte, warum er so lange gebraucht hatte, um so eine Verbindung zuzulassen.

Als der Himmel langsam zu verblassen begann und die ersten Anzeichen des Morgengrauens sichtbar wurden, fühlte David eine tiefe Verbundenheit mit Alex.

Diese Nacht unter den Sternen hatte etwas in ihm freigesetzt, eine Sehnsucht nach Authentizität und Tiefe in seinen Beziehungen.

Kapitel 3

In den folgenden Tagen fand sich David in einem Wirrwarr von Gedanken und Gefühlen wieder. Er war es gewohnt, sein Leben und seine Emotionen unter Kontrolle zu haben, doch was er für Alex empfand, ließ sich nicht so einfach einordnen.

Es waren die kleinen Dinge, die ihn ins Grübeln brachten: das Lächeln von Alex, das Gefühl der Nähe, wenn sie nebeneinandersaßen, die leichte Enttäuschung, wenn ein Treffen zu Ende ging. Diese Empfindungen gingen über eine bloße Freundschaft hinaus, das musste David sich eingestehen.

Er hatte sein Leben lang gedacht, er wüsste genau, wer er war und was er wollte.

Doch jetzt, konfrontiert mit einer Anziehung, die er nicht erwartet hatte, fühlte er sich verloren.

Er hatte keine Erfahrung mit solchen Gefühlen für einen anderen Mann; es war ein Terrain, das ihm völlig unbekannt war.

In einsamen Momenten in seiner Wohnung ließ David die vergangenen Wochen Revue passieren. Jedes Lächeln, jede Berührung, jedes Gespräch mit Alex brachte eine Wärme in ihm hervor, die er nicht leugnen konnte.

Aber gleichzeitig war da auch Angst – Angst vor dem Unbekannten, Angst davor, was diese Gefühle über ihn aussagten.

Er dachte an Sarah, an ihre Beziehung, die so sicher und vertraut gewesen war. War das, was er jetzt empfand, nur eine flüchtige Verwirrung, oder war es etwas Echtes und Tiefgründiges?

Eines Abends, als er alleine in einer Bar saß und über sein Glas Whisky nachdachte, realisierte David, dass er vor einer Wahl stand.

Er konnte weiterhin das Leben führen, das er immer geführt hatte, oder er konnte sich den neuen, verwirrenden Gefühlen stellen, die Alex in ihm geweckt hatte.

Nach seinem ersten Treffen mit Alex fand David es schwierig, sich auf die Arbeit zu konzentrieren. Die späten Nächte und die Gedanken, die ständig um Alex kreisten, hinterließen ihre Spuren. Er fühlte sich müde und abgelenkt, was nicht unbemerkt blieb.

An einem trüben Dienstagmorgen, als David eine Präsentation für ein wichtiges Kundenmeeting vorbereitete, trat sein Vorgesetzter, Herr Weber, an seinen Schreibtisch. «David, darf ich kurz stören? Ich habe bemerkt, dass Sie in letzter Zeit nicht ganz bei der Sache sind. Alles in Ordnung mit Ihnen?»

David blickte auf, bemüht, seine Müdigkeit zu verbergen.

«Ja, alles in Ordnung, Herr Weber. Ein wenig schlecht geschlafen, mehr nicht.»

Herr Weber musterte ihn skeptisch.

«Nun, ich hoffe, dass es nichts Ernstes ist. Wir brauchen Ihr volles Engagement, besonders jetzt mit dem neuen Projekt.»

Als David sich wieder seiner Arbeit zuwandte, hörte er das gedämpfte Gespräch zweier Kollegen.

«Sieht so aus, als hätte unser Star-Marketer zu viele Nächte durchgefeiert», flüsterte einer von ihnen, begleitet von einem kichernden Lachen.

David spürte, wie die Worte wie Nadelstiche in ihm saßen. Er war es gewohnt, als der zuverlässige, stets fokussierte Mitarbeiter gesehen zu werden. Doch jetzt, da seine Gedanken ständig um Alex kreisten, fühlte er sich unsicher und exponiert.

Im Laufe des Tages bemerkte er weitere flüchtige Blicke und hörte die anderen miteinander flüstern. Ein Gefühl des Unverständnisses und der subtilen Missbilligung war unverkennbar.

Es war, als ob seine Kollegen spürten, dass sich etwas verändert hatte, und dies mit einer Mischung aus Neugier und Misstrauen beobachteten.

Als der Tag zu Ende ging, saß David allein in seinem spärlich beleuchteten Büro, das nur von dem schwachen Schein seines Schreibtischlichts erhellt wurde. Er starrte auf den leeren Bildschirm seines Computers, während die Stille des Raums fast greifbar war. Er war erschöpft, fühlte sich isoliert, verstärkt durch das leise Summen der Klimaanlage und das gelegentliche Knacken des Gebäudes, das ihn daran erinnerte, wie allein er in diesem großen, unpersönlichen Raum war.

Der Kontrast zwischen der Freiheit und Akzeptanz, die er in Alex' Gesellschaft fand, und der zunehmenden Distanz in seinem Arbeitsumfeld war frappierend. Er fragte sich, wie lange er diesen Spagat zwischen seinem Privatleben und den Erwartungen bei der Arbeit aufrechterhalten konnte.

David lag wach in seinem Bett, die Dunkelheit des Zimmers spiegelte die Turbulenzen in seinem Inneren wider.

Die Worte seiner Eltern, streng und unerbittlich in ihrer Ablehnung von Homosexualität, hallten in seinem Kopf nach.

«Das ist doch krank, nicht normal», hatte sein Vater einmal gesagt. Diese Worte hatten sich tief in Davids Bewusstsein eingegraben und prägten seine Sicht auf die Welt.

Jedes Mal, wenn er Alex sah, fühlte er sich zerrissen zwischen dem, was sein Herz begehrte, und dem, was sein Verstand ihm als ‚normal' und ‚richtig' diktierte. Die Momente der Nähe zu Alex, die einst Quellen des Glücks waren, wurden nun zu Quellen des inneren Konflikts.

David begann, sich von Alex zurückzuziehen, unsicher, wie er mit der Flut seiner Emotionen umgehen sollte. Ihre Treffen wurden seltener, und wenn sie sich sahen, war David distanziert, gefangen in seinem eigenen Kampf.

Alex spürte die Veränderung. «Ist alles in Ordnung?», fragte er während eines ihrer sporadischen Treffen.

«Ja, alles gut», log David, obwohl in seinen Augen eine offensichtliche Unruhe lag. Er konnte Alex die Wahrheit nicht sagen, konnte ihm nicht gestehen, wie tief seine Gefühle gingen und wie sehr sie ihn quälten.

In den einsamen Stunden der Nacht dachte David über sein Leben nach, über die Erwartungen seiner Eltern und die Gesellschaft, in der er aufgewachsen war.

Es war eine Welt, die keine Abweichung von der Norm duldete, eine Welt, die ihn gelehrt hatte, seine wahren Gefühle zu unterdrücken.

Er dachte an Alex, an sein strahlendes Lächeln, seine Freiheit, sein unbeschwertes Wesen.

Wie konnte er, David, in Alex' Welt passen, eine Welt, die so radikal anders war als alles, was er kannte?

In diesen Momenten der Stille und Reflexion begann David zu realisieren, dass der Kampf nicht nur um seine Gefühle für Alex ging, sondern auch um sein eigenes Selbstverständnis.

Es war ein Kampf um die Freiheit, er selbst zu sein, und um die Erlaubnis, zu lieben, ohne Furcht und ohne Scham.

Während einer Mittagspause bei der Arbeit saß David mit einigen Kollegen, darunter auch Peter Müller, im Pausenraum. Das Gespräch war locker, bis Peter plötzlich einen Witz machte, der sich über Homosexuelle lustig machte.

David fühlte sich nicht wohl, doch er schwieg. Er wusste, dass Peter für seine altmodischen Ansichten bekannt war und oft spöttische Kommentare über «diesen ganzen woken Schwachsinn» machte.

Peter, der Davids Unbehagen bemerkte, klopfte ihm auf die Schulter. «Nicht so ernst nehmen, David. Ich bin eben aus einer anderen Zeit. Diese ganze politische Korrektheit heutzutage geht mir gegen den Strich.»

David nickte nur, vermied aber weiteren Augenkontakt. Er fühlte sich hin- und hergerissen zwischen dem Wunsch, sich zu äußern, und der Angst, zu viel über sich preiszugeben.

Peter ging bald, und David blieb nachdenklich zurück. Solche Momente machten ihm klar, wie schwierig es sein würde, offen über seine Beziehung zu Alex zu sprechen.

Kapitel 4

Alex stand in der kleinen, gedämpft beleuchteten Bühnenecke einer seiner Lieblingsbars, die Gitarre fest im Griff. Die Musik war sein Anker, besonders jetzt, da die Dinge mit David unklar geworden waren. Er hatte Davids Distanz gespürt, eine Distanz, die mehr Fragen aufwarf, als sie beantwortete.

Seit seiner Jugend hatte Alex sich mit seiner Sexualität abgefunden und sich früh in seinem Leben geoutet. Er erinnerte sich an die Herausforderungen, die er durchgemacht hatte, die Akzeptanz, die er sich erkämpfen musste, sowohl von anderen als auch von sich selbst.

Seine Familie hatte ihn unterstützt, und diese Unterstützung hatte ihm die Kraft gegeben, frei und unabhängig zu leben. Während er spielte, ließ er seine Gedanken zu David schweifen. Alex mochte ihn wirklich – mehr als er zunächst zugeben wollte.

Doch Davids plötzliche Zurückhaltung verwirrte ihn. War es etwas, das Alex gesagt oder getan hatte? Oder lag es an etwas Tieferem, was David mit sich selbst austrug?

Mit jedem Akkord, den er spielte, versuchte Alex, seine Enttäuschung und Verwirrung in die Musik fließen zu lassen. Die Zuhörer schienen in der Melodie gefangen zu sein, unwissend über die emotionalen Stürme, die sie hervorrief.

Nach dem Set setzte sich Alex an die Bar und dachte über die letzten Wochen nach. Er hatte in David einen Seelenverwandten gefunden, jemanden, der seine Lebenseinstellung herausforderte und gleichzeitig ergänzte. Aber nun fühlte er sich, als würde er ihn verlieren, noch bevor irgendetwas wirklich begonnen hatte.

Alex hatte in seinem Leben gelernt, dass manche Dinge sich dem Verständnis entziehen, dass manche Wege unergründlich sind. Vielleicht, so dachte er, war David einer dieser Wege – eine Lektion in Liebe und Loslassen.

Er nahm sein Handy heraus und tippte eine Nachricht an David, in der Hoffnung, irgendeine Klarheit zu finden. «Hey, wir sollten reden. Ich vermisse unsere Gespräche.»

Er schickte die Nachricht ab, ohne wirklich zu wissen, was er als Antwort erwarten sollte.

Als er seine Sachen packte und die Bar verließ, war Alex von einem Gefühl der Ungewissheit umgeben. Aber wie immer fand er Trost in der Musik, seinem ständigen Begleiter durch Höhen und Tiefen des Lebens.

David sah auf sein Handy, auf die Nachricht von Alex, die unbeantwortet blieb.

Er hatte sie immer wieder gelesen, jedes
Wort, jede Nuance, in der Hoffnung,
eine klare Antwort in seinem eigenen
Herzen zu finden. Aber die Worte
kamen nicht. Stattdessen war da nur
die Stille, gefüllt mit seiner eigenen
Unsicherheit und Angst.
Er war spazieren gegangen, in der
Hoffnung, dass die Bewegung und die
frische Luft seine Gedanken klären
würden. Die Straßen waren ruhig, mit
nur wenigen Passanten, die wie Schatten in der Dämmerung vorbeizogen.
David fühlte sich genauso – wie ein
Schatten, der sich durch sein eigenes
Leben bewegte, nicht fähig zu entschei-
den, nicht fähig zu fühlen.
Seine Gedanken kehrten immer wieder
zu seiner Kindheit zurück, zu den
strengen Worten seines Vaters, zu den
unausgesprochenen, aber klaren Erwartungen seiner Familie.
«Sei ein Mann», «Sei stark», «Sei
normal.»

Diese Worte hatten ihn sein ganzes Leben lang geformt, hatten ihm eine Maske aufgesetzt, die er nun nicht mehr ablegen konnte.

David dachte an Alex, an seine Offenheit, seine Freiheit, seine Akzeptanz der Welt und sich selbst.

Es war, als hätte Alex einen Schlüssel zu einem Teil von David, den er selbst nicht verstand, zu einem Raum, den er bisher verschlossen gehalten hatte.

Aber die Angst war zu groß.

Die Angst, sich selbst zu akzeptieren, die Angst vor der Reaktion anderer, die Angst, alles zu verlieren, was er sich aufgebaut hatte. Diese Angst hielt ihn zurück, hielt ihn gefangen.

Als er nach Hause kam, war das Haus still, fast erdrückend in seiner Leere. Er setzte sich an den Küchentisch, das Handy immer noch in der Hand.

Sollte er Alex antworten? Sollte er ihm die Wahrheit sagen?

Oder sollte er weiterhin schweigen und hoffen, dass diese verwirrenden Gefühle verschwinden würden?

Die Nacht zog sich hin, und David fand keinen Schlaf. Die Nachricht von Alex blieb unbeantwortet, ein stummes Zeugnis seines inneren Konflikts.

Alex saß in seinem Apartment, umgeben von den sanften Klängen seiner Gitarre. Die unbeantwortete Nachricht an David lag wie ein Schatten auf seinem Herzen.

Er hatte gehofft, dass David seine Verwirrung und Sorgen teilen würde, aber die anhaltende Stille von Davids Seite ließ Alex zweifeln.

Er dachte an die Momente zurück, die sie gemeinsam verbracht hatten – die tiefen Gespräche, die Lacher, die Momente der stillen Verbindung.

Es hatte etwas Magisches an sich gehabt, aber jetzt schien diese Magie zu verblassen, zerrissen von der Unsicherheit und der Distanz, die sich zwischen ihnen aufgebaut hatte.

Alex verstand, dass David durch eine schwierige Zeit ging. Die wenigen Dinge, die David über seine Vergangenheit und Familie erwähnt hatte, deuteten auf eine Umgebung hin, die wenig Raum für die Art von Freiheit ließ, die Alex so sehr schätzte.

Vielleicht, überlegte Alex, brauchte David einfach Zeit und Raum, um seine Gedanken und Gefühle zu ordnen.

Er beschloss, David diese Zeit zu geben. Es war nicht einfach, er wollte am liebsten alle Barrieren niederreißen und die Stille durchbrechen. Aber er wusste, dass Drängen in solchen Situationen selten hilfreich war.

Stattdessen konzentrierte sich Alex auf seine Musik, seine Zuflucht und sein Ventil.

Er begann, an einem neuen Lied zu arbeiten, eines, das von Sehnsucht und Verständnis handelte, von der Akzep-

tanz des Unbekannten und der Schönheit in der Stille.

In den folgenden Tagen spielte Alex in
verschiedenen Bars und Veranstal-
tungsorten, ließ seine Musik sprechen,
wo Worte fehlten.

Er hoffte, dass David irgendwann bereit
sein würde, seine Stille zu brechen, aber
bis dahin würde Alex warten, spielen
und leben – frei und ungebunden, doch
mit einem Herzen, das auf eine Antwort wartete.

David stand vor dem Spiegel in seiner
Wohnung, betrachtete sein Spiegelbild
und suchte nach Anzeichen der Veränderung. Äußerlich sah er aus wie
immer, aber innerlich fühlte er sich, als
wäre er durch einen stürmischen Ozean
geschwommen.

Die letzten Tage hatten ihn dazu
gebracht, sein ganzes Leben und seine
Überzeugungen zu hinterfragen.

Er dachte an Alex, an die unbeschwerte
Art, mit der er durchs Leben ging, und

an die Leichtigkeit, die David in seiner Gegenwart gespürt hatte. Er konnte nicht leugnen, dass Alex etwas in ihm berührt hatte, das weit über Freundschaft hinausging.

Mit zitternden Händen nahm er sein Handy und tippte eine Nachricht.

«Können wir uns treffen? Ich muss mit dir reden.»

Er drückte auf Senden, bevor er es sich anders überlegen konnte.

Das Warten auf eine Antwort war quälend, jede Sekunde zog sich wie eine Ewigkeit. Schließlich vibrierte das Handy.

«Natürlich. Wann und wo?», kam die Antwort von Alex.

Sie verabredeten sich für den Abend in einem ruhigen Café, abseits des Trubels der Stadt. David fühlte sich, als würde er zur Beichte gehen, bereit, seine Sünden zu offenbaren.

Doch er wusste, dass dies der einzige Weg war, um Frieden mit sich selbst zu schließen.

Als er Alex im Café gegenübersaß, fühlte David eine Mischung aus Angst und Erleichterung. Alex sah ihn erwartungsvoll an, aber auch mit einer Spur von Besorgnis in den Augen.

«Ich weiß nicht, wie ich das sagen soll», begann David, seine Stimme zitterte leicht. «Aber ich glaube, ich habe Gefühle für dich. Gefühle, die ich nicht verstehe und die mich erschrecken.»

Alex hörte ihm zu, ohne ihn zu unterbrechen, sein Gesichtsausdruck aufmerksam und verständnisvoll.

«Ich wurde mein ganzes Leben lang gelehrt, dass… Gefühle wie diese falsch sind. Aber wenn ich bei dir bin, fühlt sich alles so richtig an», fuhr David fort, die Worte strömten nun freier.

Alex nahm Davids Hand über den Tisch.

«David, es gibt kein richtig oder falsch, wenn es um Gefühle geht. Sie sind ein Teil von dir, und es ist mutig, dass du sie erkennst und dich ihnen stellst.»

Die Unterhaltung dauerte Stunden, während sie über ihre Ängste, Hoffnungen und Träume sprachen.

Für David war es ein Schritt in eine ungewisse Zukunft, aber ein Schritt, den er nicht alleine gehen musste. Mit Alex an seiner Seite fühlte er, dass er vielleicht den Weg zu sich selbst finden konnte.

Kapitel 5

In den Tagen nach ihrem tiefgründigen Gespräch fand David sich in einer Welt wieder, die ihm gleichzeitig vertraut und völlig neu erschien. Er sah die Dinge aus einer anderen Perspektive, eine, die von Alex' Verständnis und Akzeptanz gefärbt war.

Sie trafen sich häufiger, manchmal nur für einen Kaffee, manchmal für lange Spaziergänge durch die Stadt oder Parks. Bei jedem Treffen spürte David, wie die Mauern, die er um sich herum aufgebaut hatte, langsam zu bröckeln begannen.

Es gab Momente der Unsicherheit, Momente, in denen die alten Stimmen seiner Erziehung in seinem Kopf widerhallten und ihn an seiner neuen Wahrheit zweifeln ließen.

In diesen Momenten war Alex stets ein Anker, jemand, der ihn zurück in die

Realität holte, ihn daran erinnerte, dass es in Ordnung war, sich selbst zu sein.

Alex war geduldig, nie drängend oder fordernd.

Er verstand, dass David einen Prozess durchmachte, eine Reise zu sich selbst, und er war bereit, ihn auf diesem Weg zu begleiten, egal wie lange es dauern würde.

Eines Abends, als sie nebeneinander am Ufer des Flusses saßen und den Sonnenuntergang beobachteten, fasste David den Mut, Alex' Hand zu nehmen. Es war eine kleine Geste, aber für David bedeutete sie so viel mehr. Es war ein Zeichen der Akzeptanz, ein Zeichen dafür, dass er bereit war, vorwärtszugehen.

Alex drückte seine Hand sanft. «Du bist nicht allein, David. Ich bin hier, mit dir, Schritt für Schritt.»

Diese Worte gaben David eine nie gekannte Stärke. Er fühlte sich, als hätte er eine lange Reise angetreten, eine

Reise, die vielleicht kein klares Ziel hatte, aber die es wert war, gegangen zu werden.

In den folgenden Tagen begann David, sich mehr zu öffnen, nicht nur gegenüber Alex, sondern auch gegenüber sich selbst.

Er begann, die Welt mit neuen Augen zu sehen, eine Welt, die voller Möglichkeiten und nicht voller Einschränkungen war.

An einem trüben Nachmittag, als ein sanfter Regen gegen die Fensterscheiben seines Studios prasselte, saß Alex inmitten seiner kreativen Unordnung. Sein Zimmer war ein gemütlicher, chaotischer Raum voller Musikinstrumente, halbfertiger Skizzen und überquellender Bücherregale.

Während er da saß, umgeben von den Zeugnissen seiner Leidenschaften, fühlte er sich sowohl inspiriert als auch nachdenklich.

Das rhythmische Trommeln des Regens schuf eine beruhigende Hintergrundmelodie, die seine Gedanken anregte und ihn dazu brachte, tief in sich zu gehen und über die jüngsten Wendungen in seinem Leben nachzudenken.

In diesem Moment klingelte sein Telefon. Es war seine Mutter.

Mutter: «Hallo Alex, wie geht es dir, mein Lieber?»

Alex: «Hey Mama, mir geht's gut, danke. Und bei euch? Wie geht es Sophie?»

Mutter: «Uns geht es allen gut. Sophie hat gerade viel um die Ohren mit ihrem Kunststudium, aber sie ist glücklich. Und wie läuft es bei dir? Irgendwelche neuen Songs in Arbeit?»

Alex: «Ja, ich arbeite an ein paar neuen Stücken. Eigentlich gibt es da noch etwas… ich habe jemanden kennengelernt.»

Mutter: «Oh, das klingt ja spannend! Erzähl mir mehr!»

Alex: «Sein Name ist David. Er ist anders als die Leute, die ich normalerweise treffe. Er ist… faszinierend.»

Mutter: «Das freut mich zu hören, Alex. Du klingst wirklich glücklich. Wann können wir ihn kennenlernen?»

Alex: «Ich hoffe bald. Ich denke, ihr werdet ihn mögen. Er hat so eine ruhige und überlegte Art.»

Mutter: «Wir freuen uns darauf, ihn zu treffen. Und denk daran, du kannst uns immer alles erzählen. Wir sind für dich da.»

Alex: «Danke, Mama. Das bedeutet mir viel. Ich halte euch auf dem Laufenden.»

Nachdem sie aufgelegt hatten, lächelte Alex. Das Gespräch mit seiner Mutter hatte ihn beruhigt. Es war gut, zu wissen, dass seine Familie ihn unterstützte.

David saß nervös im Café, wartend auf Sarahs Ankunft. Er hatte sich seit ihrer Trennung gut mit ihr verstanden, aber dieses Treffen fühlte sich anders an.

Er war bereit, ihr etwas zu offenbaren, das sein Leben in ein neues Licht rückte.

Als Sarah eintrat, strahlte sie wie immer. Ihr Lächeln war warm und einladend, und als sie sich setzte, war die Vertrautheit zwischen ihnen sofort spürbar.

«Ich bin froh, dass wir uns treffen konnten», begann Sarah, «Wie geht es dir?»

David zögerte einen Moment, dann atmete er tief durch.

«Mir geht es gut, eigentlich besser als seit langem. Sarah, es gibt etwas, das ich dir erzählen muss.»

Sarah sah ihn erwartungsvoll an. «Was ist los, David?»

«Ich habe jemanden kennengelernt… Alex. Er ist… er ist anders als jeder, den ich je getroffen habe.» David hielt inne, suchte nach den richtigen Worten. «Ich habe Gefühle für ihn. Tiefgründige Gefühle. Ich… ich glaube, ich bin schwul.»

Sarahs Augen weiteten sich kurz, aber dann lächelte sie sanft.

«David, das ist okay. Ich bin froh, dass du jemanden gefunden hast, der dich glücklich macht.»

David schaute sie überrascht an. «Du bist nicht… schockiert?»

Sarah schüttelte den Kopf. «Ehrlich gesagt, habe ich es schon vermutet, als wir zusammen waren. Es gab Momente, dein Verhalten, deine Einfühlsamkeit, die ein Grund dafür war, dass ich mich in dich verliebt habe.

Nicht, dass ich denke, ein Heteromann könnte nicht einfühlsam sein. Doch du hat einfach gewisse Eigenheiten, die mich schon lange haben vermuten lassen, dass ein Mann interessant für dich sein könnte. Ich bin froh, dass du jetzt dein wahres Ich entdeckst. Ich kenne deine Familie und weiß, wie schwer es für dich ist, überhaupt Gedanken in diese Richtung zu haben.»

Ihre Worte waren wie Balsam für Davids Seele. Er hatte befürchtet, dass seine Offenbarung ihre Freundschaft belasten könnte, aber stattdessen fühlte er sich nur noch mehr verstanden und akzeptiert.

«Danke, Sarah. Deine Unterstützung bedeutet mir viel.»

Sie sprachen noch eine Weile, tauschten Geschichten aus und lachten über gemeinsame Erinnerungen. Als sie sich verabschiedeten, fühlte David sich leichter. Sarahs Akzeptanz hatte ihm die Bestätigung gegeben, die er brauchte, um weiterhin den Weg zu gehen, den er eingeschlagen hatte – einen Weg der Ehrlichkeit und Selbstakzeptanz.

Als Alex zufällig an dem Café vorbeiging, erstarrte er für einen Moment.

Durch das Fenster sah er David mit einer Frau, die er nicht kannte. Sie schienen eng miteinander zu reden, und Alex beobachtete, wie sie lachten und scheinbar eine angenehme Zeit miteinander verbrachten. Ein Stich des Schmerzes durchzuckte ihn.

In seinem Kopf begannen Gedanken zu kreisen. War diese Frau der Grund für Davids kürzliche Zurückhaltung? Hatte David eine neue Beziehung begonnen und ihn, Alex, aus seinem Leben gestrichen? Die Möglichkeit fühlte sich wie ein schwerer Schlag in der Brust an.

Ohne zu zögern, setzte Alex seinen Weg fort, die Verwirrung und Enttäuschung fest im Griff.

Während er zu seinem Auftritt ging, war sein Geist abgelenkt und voller Fragen. Die Musik, die er an diesem Abend spielte, war durchdrungen von einer Melancholie, die sein Publikum spürte, aber nicht verstand.

Nach seinem Auftritt saß Alex alleine da, umgeben von der Stille seines Apartments. Der Gedanke, David zu kontaktieren, um Klarheit zu schaffen, kreuzte seinen Geist, aber er zögerte.

Die Angst, die Wahrheit zu erfahren, dass er für David vielleicht nur eine vorübergehende Phase war, hielt ihn zurück.

Er versuchte, die Bilder von David und dieser unbekannten Frau aus seinem Kopf zu verbannen, aber sie kehrten immer wieder zurück. Die Unsicherheit nagte an ihm, und er fühlte sich ausgestoßen und alleingelassen.

In den folgenden Tagen zog sich Alex immer mehr zurück. Er verbrachte Stunden damit, Musik zu spielen, aber die Töne, die sonst Trost und Freude brachten, klangen nun leer. Jeder Akkord war ein Echo seiner inneren Turbulenzen, ein Spiegelbild der Unsicherheit, die ihn umgab.

Alex fand keine Ruhe.

Die Fragen, die das Bild von David und der Frau in ihm aufgeworfen hatten, ließen ihn nicht los. Er war hin- und hergerissen zwischen dem Bedürfnis, die Wahrheit zu erfahren, und der Angst, dass diese Wahrheit das Ende von allem bedeuten könnte, was er mit David aufgebaut hatte.

In den Tagen nach seinem Treffen mit Sarah im Café bemerkte David eine spürbare Veränderung in Alex' Verhalten.

Ihre Nachrichten wurden kürzer, Treffen seltener, und wenn sie sich sahen, war eine ungewohnte Distanz zwischen ihnen.

David grübelte darüber nach. Hatte er etwas falsch gemacht? Waren seine eigenen Unsicherheiten und sein Ringen um Akzeptanz für Alex zu belastend geworden?

Er konnte keinen klaren Grund erkennen, und diese Ungewissheit belastete ihn.

Alex auf der anderen Seite war von Zweifeln geplagt. Das Bild von David mit der unbekannten Frau im Café verfolgte ihn.

Er konnte nicht anders, als zu denken, dass David vielleicht zu einem früheren, vertrauteren Leben zurückgekehrt war – einem Leben ohne die Komplikationen, die Alex mit sich brachte.

In einem Moment der Verzweiflung überlegte Alex, David direkt darauf anzusprechen. Doch jedes Mal, wenn er den Mut dazu fand, hielt ihn die Angst vor der möglichen Antwort zurück. Die Vorstellung, David zu verlieren, war zu schmerzhaft.

David entschied schließlich, die Stille zu durchbrechen. «Alex, ich habe das Gefühl, dass etwas nicht stimmt. Wir sollten reden», schrieb er in einer Nachricht.

Alex zögerte mit seiner Antwort. Er wollte die Wahrheit wissen, aber gleichzeitig fürchtete er sie.

«Ich bin gerade sehr beschäftigt. Vielleicht später», antwortete er ausweichend.

Diese Antwort hinterließ bei David ein Gefühl der Frustration und Hilflosigkeit. Er wollte die Dinge klären, aber Alex' Ausweichen machte es unmöglich. Er fragte sich, ob er weiter drängen oder Alex den Raum geben sollte, den er offensichtlich brauchte.

Die Tage vergingen, und die Distanz zwischen ihnen schien zu wachsen. Jeder versank in seinen eigenen Gedanken und Ängsten, unfähig, den ersten Schritt zu machen, um das Missverständnis aufzuklären.

Diese ungewisse Distanz wurde zu einer stummen Barriere, die ihre frühere Nähe und Vertrautheit ersetzte. Beide sehnten sich nach einer Rückkehr zur Leichtigkeit ihrer früheren Beziehung, waren aber gefangen in einem Netz aus Zweifeln und unausgesprochenen Fragen.

Er brauchte jemanden zum Reden und wählte Jonas' Nummer.

Jonas: «Hey Alex, was gibt's Neues?»

Alex: «Ich… ich habe David heute mit einer Frau gesehen. Sie sahen ziemlich vertraut miteinander aus. Ich weiß nicht, was ich davon halten soll.»

Jonas: «Bist du sicher, dass es so ist, wie es aussieht? Kennst du die ganze Geschichte?»

Alex: «Ich kenne sie nicht. Sie könnten nur Freunde sein, aber ich weiß es nicht. Es hat mich getroffen, Jonas. Ich dachte, zwischen David und mir könnte mehr sein.»

Jonas: «Hast du mit David darüber gesprochen? Vielleicht gibt es eine einfache Erklärung.»

Alex: «Ich habe nicht den Mut dazu. Ich will nicht klammern oder eifersüchtig wirken. Aber es beschäftigt mich.»

Jonas: «Alex, ich verstehe, dass du verwirrt bist. Aber du solltest wirklich mit David sprechen. Kommunikation ist in einer Beziehung das Wichtigste. Mach keine voreiligen Schlüsse.»

Alex: «Ja, du hast recht. Ich werde versuchen, mit ihm zu reden. Es ist nur… schwer, weißt du? Ich wollte nicht zugeben, wie viel er mir bedeutet.»

Jonas: «Es ist okay, verletzlich zu sein, Alex. Das zeigt nur, dass du wirklich fühlst. Egal, was passiert, ich bin für dich da.»

Alex: «Danke, Jonas. Ich weiß das zu schätzen. Ich melde mich, sobald ich mehr weiß.»

Nach dem Gespräch legte Alex sein Telefon beiseite und atmete tief durch. Jonas hatte Recht – er musste mit David sprechen und herausfinden, was wirklich vor sich ging.

Kapitel 6

In den schwindenden Stunden eines Herbsttages saß David an seinem Schreibtisch, umgeben von der Stille seines Zimmers. Die wachsende Distanz zu Alex hatte ihn dazu gebracht, seine Gedanken und Gefühle auf eine andere Weise auszudrücken.

Ein Brief, dachte er, könnte die Brücke sein, die ihre Kommunikation wiederherstellte.

Mit einem tiefen Seufzer begann er zu schreiben, jedes Wort sorgfältig wählend, um seine Gefühle und die Verwirrung, die er in den letzten Wochen empfunden hatte, zu vermitteln. Er schrieb über seine Begegnung mit Sarah und wie wichtig es ihm war, dass Alex die Wahrheit über diese Beziehung verstand.

Er erklärte seine anhaltende Auseinandersetzung mit seiner Identität und seine Gefühle für Alex.

Als er den Brief beendete, fühlte er sich erleichtert, aber auch nervös. Er würde den Brief am nächsten Tag in Alex' Briefkasten legen, in der Hoffnung, dass es die angespannte Stille zwischen ihnen durchbrechen würde.

Alex, der sich immer noch in einem Zustand der Unsicherheit befand, war überrascht, als er den Umschlag mit seinem Namen darauf in seinem Briefkasten fand. Zögerlich öffnete er ihn und begann zu lesen.

Lieber Alex,

ich greife zu Papier und Stift, weil es manchmal einfacher ist, Gedanken zu formulieren, wenn man sie niederschreibt. In letzter Zeit habe ich viel nachgedacht und gefühlt, mehr als ich je zuvor gekannt habe, und ich möchte diese Gedanken mit dir teilen.

Es gab kürzlich ein Treffen mit Sarah, meiner Ex-Freundin, das unerwartete Gefühle und Erinnerungen in mir hervorgerufen hat. Es war ein Moment der Reflexion über meine Vergangenheit und darüber, wie sehr sich mein Leben verändert hat. Dieses Treffen hat mich dazu gebracht, über uns, über mich und über die Zukunft nachzudenken.

Alex, ich will ehrlich zu dir sein. Was ich für dich empfinde, ist tief und echt. Seit ich dich kenne, habe ich Seiten an mir entdeckt, die ich nicht kannte. Deine Leidenschaft für Musik, deine Sicht auf das Leben – all das hat mich tief beeindruckt und inspiriert.

Ich habe in letzter Zeit viel über meine Identität und meine Gefühle nachgedacht. Es gab Momente der Unsicherheit und der Angst, aber auch der Hoffnung und der Freude. Ich glaube, dass das, was zwischen uns entstanden ist, etwas Besonderes ist, etwas, das ich weiter erforschen möchte.

Ich bitte dich um ein Treffen, um von Angesicht zu Angesicht zu sprechen. Es gibt so viel, das ich dir sagen möchte, Dinge, die sich besser persönlich als über einen Brief ausdrücken lassen. Ich hoffe, dass wir die Möglichkeit haben werden, unsere Gedanken und Gefühle offen zu teilen und zu sehen, wohin dieser Weg uns führen kann.

Mit aufrichtigen Gefühlen und in der Hoffnung auf eine Chance,

David

Mit jedem Wort, das Alex las, wurde ihm klarer, wie falsch seine Annahmen gewesen waren. David hatte nicht zu einem früheren Leben zurückgefunden; er kämpfte vielmehr mit seinen eigenen Dämonen und der Angst, sich selbst zu akzeptieren.

Alex spürte, wie eine Welle der Erleichterung und des Bedauerns über ihn kam – Erleichterung über die Wahrheit und Bedauern darüber, wie schnell er zu falschen Schlüssen gesprungen war.

Der Brief endete mit einer Bitte um ein Treffen, um persönlich über alles zu sprechen. Alex wusste, dass er diese Gelegenheit ergreifen musste. Es war Zeit, die Missverständnisse auszuräumen und einen neuen Weg vorwärts zu finden.

In dieser Nacht lag Alex wach und dachte über alles nach, was geschehen war. Der Brief hatte viele Dinge ins rechte Licht gerückt, und er war entschlossen, die Gelegenheit zu nutzen, um ihre Beziehung zu reparieren und vielleicht sogar zu stärken.

Alex wartete in einem abgeschiedenen Teil des Parks, umgeben von alten, majestätischen Bäumen, deren Blätter ein sanftes Rauschen in der leichten Brise erzeugten.

Der Ort, den David in seinem Brief vorgeschlagen hatte, war ein verborgenes Juwel: eine kleine Lichtung mit einer

Bank, die einen malerischen Blick auf einen ruhig fließenden Bach bot. Die Sonne warf durch das Blätterdach ein Mosaik aus Licht und Schatten auf den Boden, und die friedliche Stille des Parks war nur durch das Zwitschern der Vögel und das leise Plätschern des Wassers unterbrochen.

Während Alex wartete, ließ er seinen Blick über die natürliche Schönheit des Ortes schweifen, fühlte die ruhige Erwartung in der Luft und dachte über die bevorstehende Unterhaltung nach.

Sein Herz klopfte nervös bei dem Gedanken an das bevorstehende Gespräch. Er hatte Davids Worte immer wieder gelesen, jedes Mal mehr Verständnis und Mitgefühl für Davids Lage empfindend.

Als David eintraf, konnte Alex die Anspannung in seiner Haltung sehen.

Sie begrüßten sich zunächst schweigend, dann setzten sie sich nebeneinander auf eine Bank, die den Blick auf einen ruhigen Teich freigab.

«Ich bin froh, dass du gekommen bist», brach David das Schweigen. «Es gibt so viel, das ich dir sagen wollte, aber ich wusste nicht, wie.»

Alex nickte. «Dein Brief hat mir die Augen geöffnet, David. Ich... hatte dich gesehen, mit dieser Frau und... habe voreilige Schlüsse gezogen, und das tut mir leid.»

David sah Alex an, seine Augen voller Dankbarkeit. «Es ist nicht nur deine Schuld. Ich hätte früher offen mit dir sprechen sollen. Meine Gefühle… sie sind neu für mich, und ich habe Angst davor, was sie bedeuten. Vielleicht hätte ich dir einfach von dem Treffen mit Sarah erzählen sollen. Ich brauchte einfach jemand Neutralen, mit dem ich über meine Gefühle reden kann.»

«Das verstehe ich», antwortete Alex sanft. «Aber weißt du, David, manchmal ist der schwierigste Teil nicht, unsere Gefühle zu akzeptieren, sondern uns selbst zu erlauben, sie zu fühlen.»

Sie sprachen lange und offen, über ihre Ängste, Hoffnungen und Wünsche. Für David war es ein Prozess des Sich-Öffnens, des Akzeptierens seiner wahren Gefühle. Für Alex war es eine Lektion in Geduld und Verständnis.

Als das Gespräch endete, fühlten sich beide erleichtert. Sie hatten einen Weg gefunden, ihre Missverständnisse zu klären und ihre Beziehung auf einer tieferen Ebene fortzusetzen.

«Danke, dass du mir zugehört hast», sagte David, als sie aufstanden, um zu gehen.

«Danke, dass du ehrlich zu mir warst», erwiderte Alex. «Ich glaube, wir haben beide etwas daraus gelernt.»

Eines Abends lud Alex David zu sich nach Hause ein.

Es war ein warmer Sommerabend, und die Sterne funkelten am Himmel. In Alex' kleinem, gemütlichen Apartment fühlten sie sich beide entspannt und frei von den Sorgen des Alltags.

Sie kochten gemeinsam, eine einfache, aber köstliche Mahlzeit, begleitet von Musik, die leise im Hintergrund spielte. Das Essen war voller Lachen und unbeschwerter Gespräche, ein weiteres Zeichen ihrer sich vertiefenden Verbindung.

Nach dem Essen saßen sie auf dem Balkon, umgeben von den sanften Klängen der Nachtstadt und dem Schein der Sterne. Ihre Gespräche wurden leiser, intimer. Es war, als würden sie sich auf einer neuen, emotionaleren Ebene begegnen.

Schließlich, als die Nacht sich tiefer über die Stadt legte, fanden sie sich in einer Umarmung wieder, ein Moment voller Zärtlichkeit und Nähe.

Es war ein natürlicher, sanfter Übergang zu einem tieferen Grad an Intimität, der von gegenseitigem Respekt und wachsender Liebe geprägt war.

In dieser Nacht, in der Stille von Alex'
Apartment, erlebten sie gemeinsam
etwas Besonderes.

Es war mehr als körperliche Nähe; es
war eine Verbindung der Seelen, ein
Ausdruck ihrer Gefühle, die Worte
nicht fassen konnten.

Als sie nebeneinanderlagen, fühlten sie
sich sicher und geborgen. Für David
war es ein Moment der Offenbarung,
der Akzeptanz seiner selbst und seiner
Gefühle für Alex.

Für Alex war es die Bestätigung, dass
seine Geduld und sein Verständnis den
Weg für diese tiefe, bedeutungsvolle
Beziehung geebnet hatten.

Am nächsten Morgen wachten sie
gemeinsam auf, ein Gefühl der Dankbarkeit und des Glücks erfüllte den
Raum. Sie wussten beide, dass dies erst
der Anfang eines neuen Kapitels in
ihrem Leben war, eines Kapitels voller
Möglichkeiten, Lernen und Liebe.

Kapitel 7

In der Firma hatte sich die Atmosphäre leicht verändert, seit David begonnen hatte, sich mit seiner Identität auseinanderzusetzen.

Als er mit einigen Kollegen, darunter Peter Müller, am Kopierer stand, begann Peter erneut über das Thema Homosexualität zu sprechen. Er machte sich über eine kürzlich durchgeführte Diversity-Schulung lustig.

«Jetzt sollen wir auch noch lernen, wie man mit diesen Schwulen richtig umgeht. Als ob das irgendwas an der Arbeit ändern würde», spottete Peter.

David spürte, wie die Blicke seiner anderen Kollegen auf ihm ruhten. Er war sich nicht sicher, ob sie seine Reaktion erwarteten oder ob sie selbst unsicher waren, wie sie reagieren sollten.

In diesem Moment entschied sich David, nicht zu schweigen.

«Peter, ich glaube, es geht weniger darum, wie man ‚mit ihnen umgeht‘, sondern eher darum, Respekt und Verständnis für jeden im Team zu zeigen, unabhängig von ihrer sexuellen Orientierung», sagte David ruhig, aber bestimmt.

Peter sah ihn überrascht an, offensichtlich nicht erwartet habend, dass David sich äußern würde. Einige der anderen Kollegen nickten zustimmend.

«Na ja, jeder hat seine Meinung, nicht wahr?», murmelte Peter und wandte sich wieder seinem Kopieren zu.

Als David zurück an seinen Arbeitsplatz ging, fühlte er eine Mischung aus Nervosität und Stolz. Er hatte sich nicht nur für sich selbst eingesetzt, sondern auch ein wichtiges Signal an seine Kollegen gesendet.

Als Davids Eltern in der Stadt ankamen, war die Aufregung in der

Luft spürbar. David hatte sich entschieden, ihnen von Alex zu erzählen, war sich aber unsicher, wie viel er preisgeben sollte. Bei einem Spaziergang durch den Park kam das Gespräch auf sein Privatleben.

«Ich treffe jemanden», begann David zögerlich. «Jemanden, der mir sehr wichtig ist. Alex heißt er.»

Seine Eltern sahen ihn überrascht, aber erfreut an. «Das ist wunderbar, David!», sagte seine Mutter lächelnd. «Erzähl uns mehr über Alexandra.»

David, der in Gedanken schon beim nächsten Satz war, bemerkte nicht das Missverständnis. «Nun, Alex ist unglaublich. Wir haben viel gemeinsam, und das erste Mal fühle ich mich wirklich glücklich», erklärte er, wobei er sich bemühte, seine wachsende Nervosität zu verbergen.

Sein Vater nickte.

«Es ist schön, zu hören, dass du jemanden gefunden hast, David. Wir freuen uns darauf, sie kennenzulernen.»
David, immer noch in seinen Gedanken gefangen und erleichtert, dass das Gespräch besser verlief als erwartet, griff die Gelegenheit.
«Warum kommt ihr nicht zum Abendessen morgen? Ich könnte etwas Schönes kochen.»
Seine Eltern stimmten freudig zu, und David war richtig erleichtert.
Das Missverständnis schwebte unsichtbar in der Luft, unbemerkt von ihm.
Als David später nach Hause kam, war er erstaunt, wie locker sie das Ganze aufnahmen. Doch für den Moment entschied er sich, sich an der Tatsache zu erfreuen, dass sie Alex zumindest in einem positiven Licht sahen.
Er rief Alex an, um ihn zum Abendessen einzuladen und erzählte ihm, wie freudig sie es aufgenommen hatten, dass er glücklich war.

David hatte das Abendessen sorgfältig vorbereitet, seine Wohnung sauber und einladend gemacht. Eine Mischung aus Nervosität und Vorfreude lag in der Luft, während er auf das Klingeln an der Tür wartete. Alex, der etwas früher gekommen war, half ihm in der Küche und versuchte, seine Nerven zu beruhigen.

«Es wird schon gut gehen», sagte Alex, seine Stimme zitterte leicht vor Anspannung.

Als Davids Eltern das Haus betraten, waren die Begrüßungen anfangs herzlich, aber angespannt. «Mama, Papa, das ist Alex», stellte David vor.

Sein Vater, sichtlich überrascht, weitete die Augen. «Alex ist ein Mann?», fragte er, seine Stimme trug einen Unterton der Enttäuschung.

«Ja, Papa. Alex ist ein Mann, und er bedeutet mir sehr viel», antwortete David mit fester Stimme.

Davids Mutter, bemüht um Höflichkeit, trat vor und reichte Alex die Hand.

«Es ist schön, Sie kennenzulernen, Alex. David hat uns viel von Ihnen erzählt.»

Doch die Atmosphäre blieb angespannt. Nach einigen Minuten stand Davids Vater abrupt auf.

«Ich… ich brauche etwas Luft», murmelte er und verließ das Haus, ohne zurückzublicken.

Die Situation war nun noch angespannter, und David spürte, wie seine Mutter bemüht war, die Stimmung zu retten. Sie setzten sich zu dritt an den Tisch, und während des Essens versuchte Davids Mutter, eine Unterhaltung aufrechtzuerhalten, stellte Alex Fragen über sein Leben und seine Interessen.

Nach dem Essen, als sie bei Kaffee und Dessert saßen, sprach Davids Mutter die offensichtliche Spannung an.

«David, ich… ich hatte schon länger so eine Ahnung, dass du vielleicht… naja, anders fühlst. Aber das Wichtigste ist, dass du glücklich bist. Wir lieben dich, egal was ist.»

David, der sich bemühte, seine Emotionen zu kontrollieren, nickte dankbar. «Danke, Mama. Ich hoffte, dass ihr beide es verstehen würdet.»

«Dein Vater braucht Zeit, um das zu verarbeiten», sagte sie, während sie Davids Hand nahm. «Er liebt dich. Gib ihm etwas Zeit, und er wird damit klarkommen.»

David fühlte sich zwar enttäuscht über die Reaktion seines Vaters, war aber dankbar für die Unterstützung seiner Mutter.

Als seine Mutter ging, sah David ihr nach. Er wusste, dass der Weg vor ihnen nicht einfach sein würde, aber er fühlte sich stärker, Alex an seiner Seite zu haben.

Dieses Abendessen war ein wichtiger Schritt auf dem Weg zur Akzeptanz.

In den Wochen nach dem Abendessen mit Davids Eltern vertiefte sich die Beziehung zwischen David und Alex.

Sie verbrachten mehr Zeit zusammen, teilten ihre Gedanken und Träume und bauten eine noch stärkere emotionale Bindung auf.

An einem sonnigen Samstagnachmittag schlenderten David und Alex Hand in Hand durch die Stadt, genossen die entspannte Atmosphäre und die gemeinsame Zeit.

Als sie um die Ecke einer belebten Straße bogen, trafen sie unerwartet auf Peter Müller, Davids Kollegen.

Peter, der gerade aus einem Laden trat, hielt inne, als er David mit Alex sah.

Sein Blick fiel auf ihre ineinandergreifenden Hände, und für einen Moment war eine Mischung aus Überraschung und Unbehagen in seinem Gesicht zu erkennen.

«David, das ist ja eine Überraschung», sagte Peter, seine Stimme unsicher.

«Ja, finde ich auch», antwortete David, ein Gefühl der Entschlossenheit in seiner Stimme. «Alex, das ist Peter, ein Kollege von mir.»
Alex reichte Peter freundlich die Hand. «Schön, Sie kennenzulernen.»
Peter schien für einen Moment verloren, schüttelte dann aber Alex' Hand.
«Ebenso», sagte er, obwohl seine Stimme etwas gezwungen klang.
Es entstand eine kurze, unbehagliche Stille. David spürte die Spannung, entschied sich aber, die Situation nicht eskalieren zu lassen.
«Wir wollten gerade Kaffee trinken gehen. Schönen Tag noch, Peter.»
Als sie weitergingen, warf David einen kurzen Blick über die Schulter zurück auf Peter, der sie nachdenklich ansah. Er spürte eine Mischung aus Nervosität und Befriedigung.
Obwohl die Begegnung kurz und etwas unangenehm gewesen war, war es ein

weiterer Schritt für David, offen und selbstbewusst zu sein.

Alex drückte Davids Hand. «Alles in Ordnung?»

David lächelte. «Ja, alles ist in Ordnung. Ich bin froh, dass du hier bist.»

David bemerkte eine Veränderung in sich selbst. Er fühlte sich freier und akzeptierte seine Identität mehr und mehr. Alex' ständige Unterstützung und Verständnis halfen ihm dabei, sich den Herausforderungen zu stellen, die mit der Akzeptanz seiner Sexualität einhergingen.

Sie unternahmen gemeinsame Ausflüge, erkundeten neue Orte in der Stadt und genossen einfache Momente wie gemeinsame Abende zu Hause.

Jedes Mal, wenn sie zusammen waren, stärkte es das Gefühl, dass sie zusammengehörten.

Alex, der Davids Kampf mit seiner Familie miterlebt hatte, bewunderte die Art und Weise, wie David mit der Situation umging. Es war nicht einfach, sich den Erwartungen der Familie zu widersetzen, besonders wenn diese so tief in Traditionen verankert waren.

Eines Tages, als sie in einem kleinen Café saßen, nahm David Alex' Hand.

«Weißt du, Alex, ich hätte nie im Leben gedacht, dass ich mal jemanden wie dich treffen würde. Es klingt verrückt, aber du hast… mein ganzes Leben auf den Kopf gestellt.»

Alex lächelte.

«Du hast auch mein Leben verändert, David. Ich bin so dankbar, dass wir uns gefunden haben.»

Alex hatte einen lebhaften und unterstützenden Freundeskreis, der aus verschiedenen Menschen bestand, die er im Laufe seines Lebens kennengelernt hatte.

Viele von ihnen waren ebenfalls Künstler oder Kreative, Menschen, die ein freigeistiges und offenes Leben führten.

Eines Abends lud Alex David ein, seine Freunde bei einem kleinen Treffen in seinem Apartment kennenzulernen. David war nervös, da er nicht wusste, was ihn erwartet, aber Alex versicherte ihm, dass seine Freunde ihn herzlich aufnehmen würden.

Als sie ankamen, wurde David in einer warmen und lebhaften Atmosphäre empfangen. Alex stellte ihm seine engsten Freunde vor: Mia, eine Malerin mit einem scharfen Witz; Jonas, der Freund, mit dem er bereits intensiv über David gesprochen hatte, und Lena, eine Schriftstellerin, deren Bücher von tiefgründigen Themen handelten.

«Hallo David, es freut mich sehr, dich endlich mal kennen zu lernen», sagte Jonas und reichte ihm die Hand.

Die ganze Gruppe nahm ihn herzlich in Empfang. Sie stellten ihm Fragen über sein Leben, seine Arbeit und natürlich seine Beziehung zu Alex.

David fühlte sich schnell wohl und war
fasziniert von den unterschiedlichen
Persönlichkeiten.

Im Laufe des Abends beobachtete
David die Interaktionen zwischen Alex
und seinen Freunden. Es war offensichtlich, dass sie eine tiefe Bindung
teilten, geprägt von gegenseitigem Respekt und Verständnis. Alex' Freunde
schienen seine Beziehung zu David zu
unterstützen und freuten sich für ihr
Glück.

Mia zwinkerte David zu und sagte:
«Glaub mir, Alex lässt keine Gelegenheit aus, von dir zu erzählen. Wir haben
schon so viel gehört! Es ist echt toll, ihn
so glücklich zu sehen.»

David spürte eine Welle der Dankbarkeit. «Ich bin auch sehr glücklich»,
antwortete er. «Alex ist etwas ganz
Besonderes.»

Als das Treffen endete, fühlte sich
David, als hätte er nicht nur Alex'
Freunde kennengelernt, sondern auch

einen tieferen Einblick in Alex' Leben
erhalten. Er verstand nun besser, wie
diese Freundschaften Alex geformt
hatten und wie sie Teil seiner offenen
und liebevollen Persönlichkeit waren.
Auf dem Heimweg hielt David Alex'
Hand. «Deine Freunde sind großartig»,
sagte er. «Ich bin froh, dass ich sie
kennengelernt habe.»
Alex lächelte und drückte Davids
Hand. «Sie sind wie eine Familie für
mich. Und jetzt bist du auch ein Teil
davon.»

An jenem bedeutsamen Tag, als David Alex' Familie zum ersten Mal treffen sollte, war die Luft erfüllt von einer Mischung aus Aufregung und Unsicherheit. Während er durch die malerischen Straßen zu Alex' Elternhaus fuhr, konnte er die bunten Vorgärten und gepflegten Häuser bewundern, die eine heimelige und einladende Atmosphäre ausstrahlten.

Mit jedem Kilometer wuchs seine Nervosität, begleitet von dem monotonen Geräusch des Motors und dem stetigen Rhythmus der vorbeiziehenden Straßenlaternen, die sein Auto in ein wechselndes Muster aus Licht und Schatten tauchten.

Nach der Erfahrung mit seinen eigenen Eltern war er unsicher, was ihn erwarten würde.

Alex' Familie lebte in einem gemütlichen Haus am Stadtrand. Als sie ankamen, wurden sie herzlich von Alex' Eltern, Karin und Thomas, und seiner jüngeren Schwester, Sophie, begrüßt.

Das Haus war erfüllt von einer warmen und einladenden Atmosphäre.

«Es ist so schön, dich endlich kennenzulernen, David», sagte Karin mit einem warmen Lächeln. «Alex hat uns so viel von dir erzählt.»

Das Abendessen war eine fröhliche Angelegenheit, mit lebhaften Gesprächen und viel Gelächter. David fühlte sich sofort wohl. Die Offenheit und Akzeptanz, die Alex' Familie zeigte, waren für ihn eine angenehme Überraschung.

Während des Essens erzählten Karin und Thomas Geschichten aus Alex' Kindheit, und Sophie neckte ihren Bruder liebevoll. David beobachtete die Interaktionen und spürte, wie unterschiedlich diese familiäre Umgebung von seiner eigenen war.

Nach dem Essen nahm Karin David beiseite. «Ich weiß, dass es für dich nicht einfach sein muss, mit deinen Eltern. Aber ich möchte, dass du weißt, dass du hier immer willkommen bist. Wir sehen dich als Teil unserer Familie.»

David war überwältigt von der Herzlichkeit und Akzeptanz. Er dankte Karin und fühlte, wie eine Last von seinen Schultern fiel. Dieses Treffen mit Alex' Familie gab ihm neue Perspektiven und bestärkte ihn in seinem Weg mit Alex.

Als sie später am Abend nach Hause fuhren, fühlte sich David dankbar und ermutigt. Die Begegnung mit Alex' Familie hatte ihm gezeigt, dass es Orte gab, wo Verständnis und Liebe bedingungslos waren.

Epilog

Ein Jahr nachdem David und Alex ihre Beziehung begonnen hatten, standen sie nun vor dem Standesamt, bereit, ein neues Kapitel in ihrem Leben zu beginnen.

Die Sonne strahlte auf die kleine Versammlung von Freunden und Familie, die gekommen waren, um diesen besonderen Tag mit ihnen zu teilen.

Sarah, Davids Ex-Freundin, war eine der ersten, die ankam, ein strahlendes Lächeln auf dem Gesicht.

Sie umarmte David herzlich.

«Ich bin so glücklich für euch beide», sagte sie.

Alex' Familie, warm und einladend wie immer, begrüßte David mit offenen Armen, als wäre er schon immer ein Teil ihrer Familie gewesen.

Seine Mutter, Karin, wischte sich eine Träne der Rührung weg, als sie die beiden ansah.

Unter den Gästen waren auch Alex' Freunde, jeder einzelne von ihnen ausdrücklich erfreut, Teil dieses freudigen Anlasses zu sein. Ihre Gesichter spiegelten die Freude und das Glück wider, das sie für Alex und David empfanden. Davids Familie war ebenfalls anwesend, und obwohl sein Vater immer noch mit einigen der Veränderungen zu kämpfen hatte, stand er an diesem Tag an Davids Seite, ein stilles Zeichen seiner wachsenden Akzeptanz.

Unerwartet tauchten auch einige von Davids Arbeitskollegen auf, darunter Peter Müller.

Peter schien kurz nach den richtigen Worten zu suchen, bevor er sagte: «Herzlichen Glückwunsch, David», und ihm dann etwas zögerlich die Hand reichte. «Echt, alles Gute für euch beide.»

David war überrascht, aber dankbar für Peters Worte. Es war ein Zeichen dafür, dass manchmal auch die Menschen, bei denen man es am wenigsten erwartete, einen Wandel durchmachen können.

Als die Zeremonie begann, hielten David und Alex einander an den Händen, ihre Augen voller Liebe und Versprechen für die Zukunft.

Das Aussprechen ihrer Gelübde war es ein Moment tiefer Emotionen, nicht nur für sie, sondern für alle Anwesenden.

Nachdem sie offiziell als Ehepartner erklärt wurden, brachen Applaus und Jubel aus.

Es war ein Tag der Liebe, der Akzeptanz und des Neuanfangs, ein Tag, der zeigte, dass die wahre Liebe keine Grenzen kennt.

Während die Feierlichkeiten begannen, standen David und Alex zusammen, blickten auf die versammelten Freunde und Familienmitglieder und wussten, dass sie den Mut und die Unterstüt-

zung hatten, um alle Herausforderungen zu meistern, die das Leben
ihnen noch bringen würde.

Felix und Lukas: Dein Herz bleibt bei mir

Kapitel 1

Die Sonne tauchte die Kopfsteinpflaster-
terstraßen der Kleinstadt in ein warmes
Licht, als Lukas, ein lokaler Künstler,
durch die Gassen schlenderte. Sein
Geist war erfüllt von Farben und
Formen, inspiriert von seinem letzten
Aufenthalt Paris, wo er die Werke der
großen Meister studiert hatte.
Heute war er auf der Suche nach etwas
Neuem, das ihn herausfordern würde,
ähnlich wie die Zeit, als er sich in der
Großstadt verloren und wiedergefun-
den hatte.
In Paris hatte er einen engen Freundeskreis gehabt – Chloé, Antoine, Sophie
und einige andere, die alle in der kreativen Szene der Stadt verankert waren.
Sie hatten oft lange Nächte mit inten-
siven Diskussionen über Kunst, Literatur und das Leben verbracht.

Diese Erinnerungen waren für Lukas ein lebendiger Kontrast zu der Stille der Kleinstadt, die er nun sein Zuhause nannte.

Er liebte es, die Grenzen der konventionellen Kunst zu überschreiten. Seine Schritte führten ihn abseits der belebten Hauptstraßen, in ruhigere Gegenden, wo die Zeit stillzustehen schien. Vorbei an kleinen Läden und Cafés, die die Geschichten der Kleinstadt erzählten, überlegte er, wie er diese schlichte Schönheit in sein nächstes Werk einfließen lassen könnte.

Beim Anblick einer alten Buchhandlung wurde er aus seinen Gedanken gerissen. Das Schaufenster, gefüllt mit sorgfältig gestapelten Büchern, erinnerte ihn an seine Kindheit, in der er stundenlang in der Bibliothek seiner Großmutter gelesen hatte.

Neugierig betrat er den Laden.

Das leise Läuten der Türklingel kündigte seine Ankunft an. Er blickte sich um und sah Regale, die bis zur Decke reichten, gefüllt mit Druckwerken aus allen Epochen.

Seine Aufmerksamkeit wurde von einem jungen Mann hinter dem Tresen angezogen – Felix, der Buchhändler, dessen Leben sich immer um Bücher gedreht hatte, seit er als Junge seine Liebe zur Literatur entdeckt hatte.

«Guten Tag, kann ich Ihnen helfen?», fragte Felix ruhig.

Lukas wandte sich ihm zu und antwortete: «Ich suche nach Inspiration für meine nächste Arbeit. Ich dachte, vielleicht finde ich sie hier, zwischen all diesen Geschichten.»

Felix lächelte leicht.

«Dann sind Sie hier genau richtig. Unsere Sammlung hat schon viele inspiriert. Sind Sie an einem bestimmten Thema interessiert?»

«Etwas, das den Geist herausfordert und den Betrachter zum Nachdenken anregt», erwiderte Lukas, dessen Blick über die Bücherregale glitt.

«Ich glaube, ich habe da etwas für Sie», sagte Felix und ging zu einem Regal, in dem alte philosophische Werke standen. «Diese Titel haben schon viele Künstler inspiriert.»

Lukas folgte ihm, beeindruckt von Felix' Wissen über Bücher. In diesem Moment wusste er noch nicht, dass diese Begegnung mehr als nur eine Inspiration für seine Kunst bedeuten würde.

In der gemütlichen Ecke der alten Buchhandlung, umgeben von staubigen Bücherregalen, las Felix vertieft in einem Roman von Hermann Hesse. Das Buchgeschäft war sein Zufluchtsort geworden, nachdem er vor Jahren seine Heimatstadt verlassen hatte, um dem Druck seiner konservativen Familie zu entkommen. Hier, zwischen den Seiten der Bücher, fand er Trost und Anregung.

Die Türklingel unterbrach seine Gedanken, und Felix blickte auf. Vertrautheit überkam ihn, als er den jungen Mann erkannte, der gestern nach Inspiration gesucht hatte.

Lukas.

Seine unkonventionelle Erscheinung – lockige Haare und lebhaft gemusterte Kleidung – stach in dem ansonsten ruhigen Laden hervor.

Felix beobachtete, wie Lukas sich interessiert die Kunstbücher ansah. Er spürte eine Mischung aus Faszination und Nervosität.

«Wie kann ich Ihnen heute helfen?», fragte er, seine Stimme leiser als beabsichtigt.

Lukas blickte auf und ihre Blicke trafen sich.

«Ah, ja, ich suche weiterhin nach Inspiration. Ich dachte, ich schaue mir einige Ihrer Kunstbücher an», antwortete Lukas mit einem Lächeln, das Felix' Herz unerwartet schneller schlagen ließ.

«Ich habe hier einige Werke über abstrakte Kunst. Vielleicht finden Sie dort etwas Interessantes», schlug Felix vor, während er versuchte, seine Nervosität zu verbergen.

Das Gespräch, das sich entwickelte, war das längste und tiefste, das Felix seit langem geführt hatte.

Sie sprachen über verschiedene Kunststile, über die Bedeutung der Farben und Formen und darüber, wie Kunst

die Realität beeinflussen kann. Felix
fand sich selbst dabei, wie er mehr
sprach, als er es normalerweise tat,
angeregt durch Lukas' Leidenschaft
und Neugier.

Als Lukas schließlich die Buchhandlung verließ, fühlte Felix, wie eine
unerwartete Leere den Raum füllte. Er
berührte das Buch, das Lukas zuletzt in
der Hand gehalten hatte, und fragte
sich, ob er den mutigen, unkonventionellen Künstler jemals wiedersehen
würde.

Kapitel 2

Lukas saß in seinem Atelier, einem kleinen, aber lebhaften Raum in einer stillen Straßenecke der Stadt. Überall waren Spuren seines kreativen Schaffens zu sehen – Leinwände in verschiedenen Größen, Farbtuben, verstreute Pinsel und Skizzenbücher. Doch heute waren seine Gedanken nicht bei seiner Arbeit.

Die Buchhandlung und der still wirkende Buchhändler, Felix, hatten einen unerwarteten Eindruck bei ihm hinterlassen.

Während seine Hand mit dem Pinsel über die Leinwand tanzte, ließen ihn seine Gedanken nicht los. Er dachte an das letzte Telefongespräch mit Chloé zurück, das sie nur wenige Tage zuvor geführt hatten.

«Chloé, ich vermisse Paris manchmal», hatte Lukas zugegeben, während sie

über ihre aktuellen Projekte sprachen. «Die Energie, die Diskussionen, die langen Nächte im Atelier…»
Chloé hatte gelacht.
«Lukas, du bist immer noch derselbe Künstler, egal wo du bist. Und denk daran, wie viel du hier in der Kleinstadt erschaffen hast. Du bringst ein Stück Paris in jeden deiner Pinselstriche.»
Ihre Worte hatten ihn getröstet. Chloé hatte immer einen Weg gefunden, ihn zu inspirieren, selbst aus der Ferne. Mit einem nachdenklichen Lächeln setzte Lukas seine Arbeit fort, die Farben auf der Leinwand mischten sich zu neuen Mustern, die sowohl von seiner Gegenwart als auch von seiner Vergangenheit in Paris beeinflusst waren.
Mit einem Seufzer lehnte er sich zurück und dachte nach. Felix war anders als die Menschen, die er normalerweise traf.
Seine ruhige Art und die Art, wie er über Bücher sprach, hatten etwas

Faszinierendes. Lukas, der in seiner Jugend oft umgezogen war und dadurch gelernt hatte, sich schnell anzupassen und neue Kontakte zu knüpfen, fand in Felix eine ungewohnte, aber anziehende Ruhe.

Er stand auf, nahm einen seiner Pinsel und begann, ohne konkretes Bild im Kopf, auf einer leeren Leinwand zu malen. Seine Gedanken kreisten um die Stille der Buchhandlung, das leise Rascheln der Seiten und Felix' sanfte Präsenz. Lukas versuchte, dieses Gefühl in seinem Bild einzufangen.

Er malte intuitiv, ließ seine Emotionen und Gedanken die Führung übernehmen.

Stunden vergingen, und als er einen Schritt zurücktrat, um sein Werk zu betrachten, erkannte er, dass er nicht nur eine Szene gemalt hatte, sondern auch die stille Sehnsucht und das Geheimnisvolle, das er in Felix' Augen gesehen hatte.

Es war ein Bild, das mehr als nur eine Szenerie darstellte; es war ein Gefühl, ein Moment, festgehalten in Farbe und Form.

Zufrieden wie lange nicht mehr reinigte Lukas seine Pinsel. Er wusste, dass er wieder in die Buchhandlung gehen würde, nicht nur wegen der Inspiration für seine Kunst, sondern auch um das Rätsel zu lösen, das Felix für ihn darstellte. Es war eine Herausforderung, die er nicht ignorieren konnte.

Die Stille in der Buchhandlung fühlte sich nach Lukas' Besuch anders an, fast schwerer als zuvor. Felix saß hinter dem Tresen, das Buch, das er las, offen vor sich, doch seine Gedanken waren weit weg. Er dachte an den Künstler – seine lebendige Ausstrahlung, das selbstsichere Lächeln, und wie leidenschaftlich er über seine Kunst sprach.

Es war spät geworden, und die Buchhandlung war jetzt leer. Felix schloss das Buch und lehnte sich zurück. Etwas in ihm wollte mehr über Lukas erfahren. Trotz seiner sonstigen Zurückhaltung tippte er zögerlich «Lukas» und «Künstler» und den Namen der kleinen Stadt, in der sie lebten, in die Suchleiste seines Computers ein.

Sofort erschienen mehrere Ergebnisse – Artikel über Ausstellungen, Fotos von Kunstwerken, Interviews.

Felix war fasziniert und klickte auf die Bilder von Lukas' Kunst.

Die Werke waren lebhaft, voller Farben und Emotion, ein starker Kontrast zu der geordneten Welt der Bücher um ihn herum. Er las ein Interview, in dem Lukas über die Bedeutung hinter seinen Werken sprach, seine Sicht auf die Welt und Kunst als Ausdrucksmittel.

Je mehr er las und sah, desto mehr fühlte er sich zu Lukas hingezogen und gleichzeitig von ihm eingeschüchtert. Die Freiheit und Ungezwungenheit, die Lukas ausstrahlte, stand im krassen Gegensatz zu Felix' eigenem Leben, das von Routinen und Büchern bestimmt war.

In diesem Moment erkannte Felix, dass Lukas etwas in ihm geweckt hatte – eine Sehnsucht nach mehr, nach einem Leben, das über die Seiten der Bücher hinausging, die er so liebte.

Doch diese Erkenntnis weckte auch Angst in ihm. Er schaltete den Computer aus und stand auf, um den Laden zu schließen.

Das Klingeln des Telefons durchbrach die Stille der Buchhandlung. Felix blickte auf das Display – es war seine Mutter.

«Hallo, Mutter.»

«Felix, warum verschwendest du dein Talent immer noch in dieser staubigen Buchhandlung?», kam es prompt von der anderen Seite. «Dein Vater und ich verstehen einfach nicht, warum du nicht etwas Sinnvolleres machst.»

Felix seufzte leise.

«Mutter, wir haben das schon so oft besprochen. Ich liebe, was ich tue. Es geht nicht nur um Bücher; es geht um Menschen und ihre Geschichten.»

«Aber du könntest so viel mehr errei-chen…»

«Ich habe bereits viel erreicht», unter-brach Felix sanft. «Ich bin glücklich hier.»

«Nun gut, vielleicht wirst du ja doch noch vernünftig. Ich rufe dich nur an, um dich daran zu erinnern, dass du ein

Date mit Sofia vereinbaren sollst. Sie ist die Tochter von Papas Kollegen und eine sehr erfolgreiche Maklerin. Vielleicht würde eine Frau dich zur Vernunft bringen.»

«Mama, ich habe dir bereits gesagt, dass ich kein Interesse daran habe, mit irgendwelchen Frauen verkuppelt zu werden», sagte Felix seufzend.

Sie beenden das Gespräch. Wie nach jeder Konfrontation mit der Welt seiner Eltern fühlte er sich wie vor den Kopf gestoßen.

Während er die Lichter in der Buchhandlung löschte und die Tür abschloss, nahm er sich vor, Lukas wiederzusehen.

Warum genau, wusste er nicht, aber etwas in ihm drängte darauf, mehr über diesen faszinierenden Künstler zu erfahren und vielleicht einen Teil der Welt außerhalb der Bücher zu entdecken.

Kapitel 3

Entschlossen betrat Lukas wieder die Buchhandlung. Dieses Mal war das Läuten der Türklingel wie ein Symbol für seinen Mut, die eigenen Grenzen zu überschreiten.

Felix, der hinter einem Regal Bücher sortierte, blickte auf und sein Herz setzte für einen Moment aus.

«Sie sind wieder da», murmelte er mehr zu sich selbst als zu Lukas.

«Ja», erwiderte Lukas mit einem Lächeln. «Ich dachte, ich könnte hier vielleicht ein Buch über Kunstgeschichte finden.»

«Kunstgeschichte, ja, wir haben da einige interessante Bücher. Folgen Sie mir bitte.»

Während sie durch die Gänge gingen, begann Lukas ein Gespräch.

«Wissen Sie, ich habe gestern mit einem neuen Kunstwerk begonnen, inspiriert von diesem Ort hier.»

Felix' Wangen erröteten. «Wirklich? Inspiriert von der Buchhandlung?»

«Ja, und von der Atmosphäre hier. Es hat etwas Beruhigendes, fast Meditatives.»

Sie erreichten das Regal mit den Kunstbüchern. Felix zeigte auf einige Titel, aber seine Gedanken waren bei Lukas' Worten. Er war überrascht, dass sein einfacher Arbeitsplatz jemanden so inspirieren konnte, besonders jemanden wie Lukas.

«Können Sie mir etwas über sich erzählen?», fragte Lukas unvermittelt. «Über Ihre Liebe zu Büchern?»

Felix dachte einen Moment nach, bevor er begann, seine Geschichte zu erzählen. Seine Stimme war sanft, als er die Erinnerungen wachrief:

«Ich bin in einer kleinen Stadt aufgewachsen, ähnlich wie diese hier.

Meine Kindheit war… ruhig, könnte man sagen. Meine Eltern waren oft beschäftigt, und ich fand meine Zuflucht in Büchern. Unsere lokale Bibliothek wurde mein zweites Zuhause. Ich erinnere mich an Nachmittage, an denen ich mich zwischen den Regalen versteckte, umgeben von Geschichten, die mir die Welt öffneten.»
Er lächelte, als er fortfuhr: «Bücher waren für mich mehr als nur Papier und Tinte. Sie waren Fenster in andere Welten, sichere Orte, an denen ich sein konnte, wer ich wollte. Sie gaben mir das Gefühl der Sicherheit und der Freiheit zugleich. Ich glaube, das hat mich dazu gebracht, Buchhändler zu werden. Ich wollte anderen helfen, dieselbe Freude an Geschichten zu finden, die mein Leben so sehr bereichert haben.»
Lukas hörte aufmerksam zu, sein Blick zeigte eine Mischung aus Neugier und Mitgefühl.

«Das klingt nach einer friedlichen Kindheit», sagte er.

«Ja, das war sie», erwiderte Felix nachdenklich. «Aber sie war auch einsam.
Bücher waren meine besten Freunde.
Ich hatte Schwierigkeiten, mit anderen
Kindern in meinem Alter zu kommuni-
zieren. Bücher waren einfacher… sie
urteilen nicht.»

Als Felix seine Erzählung beendete, war
ein neues Verständnis zwischen ihnen
entstanden.

Es war, als ob sie eine Brücke über die
Kluft ihrer unterschiedlichen Welten
gebaut hätten.

Lukas wählte schließlich ein Buch aus
und ging zur Kasse. Bevor er ging,
sagte er: «Ich würde gerne mehr über
Ihre Welt erfahren, Felix. Vielleicht
können Sie mir eines Tages mehr
zeigen?»

Felix nickte, überrascht und erfreut
zugleich.

«Ja, das würde ich gerne tun.»

257

Nachdem Lukas gegangen war, stand
Felix da, das Buch in der Hand, und
spürte, wie sich etwas in ihm veränderte.

Kapitel 4

In der Stille seines kleinen Zimmers hinter der Buchhandlung saß Felix, seine Gedanken kreisten um eine Einladung zu einer lokalen Kunstausstellung, die er erhalten hatte.

Er hatte von Lukas' Teilnahme an der Ausstellung erfahren und überlegte, ob er ihn einladen sollte. Es war ein einfacher Gedanke, aber für Felix fühlte es sich an wie ein Sprung ins Ungewisse.

Nach langem Zögern griff er zum Telefon. Sein Herz schlug schneller, als er die Nummer wählte, die Lukas ihm für ‚Fragen zu Kunstbüchern' gegeben hatte.

«Hi, Lukas? Hier ist Felix aus der Buchhandlung», begann er, seine Stimme zitterte leicht.

«Oh, Felix! Schön, von dir zu hören. Wie geht es dir?»

Lukas' Stimme klang warm und aufrichtig.

«Ich… ähm… ich habe hier eine Einladung zu einer Kunstausstellung nächste Woche. Ich dachte, vielleicht hättest du Interesse, zusammen hinzugehen?»

Felix hielt den Atem an, als er wartete.

«Das klingt großartig, Felix! Ich würde mich freuen, mit dir zu gehen. Danke, dass du an mich gedacht hast», antwortete Lukas.

Felix' Herz machte einen Sprung.

«Großartig! Dann… dann treffen wir uns dort?»

«Ja, sehr gerne. Ich freue mich darauf, Felix.»

Nach dem Telefonat legte Felix auf und lehnte sich zurück.

Er konnte es kaum glauben, dass er den Mut gefunden hatte, Lukas einzuladen. Erleichterung und Vorfreude durchströmten ihn.

In diesem Moment begann Felix zu realisieren, dass diese neue Verbindung mit Lukas ihn dazu brachte, über die Grenzen seines bisherigen Lebens hinauszublicken. Er fühlte sich, als würde er langsam die Seiten eines neuen Kapitels in seinem eigenen Leben aufschlagen.

Lukas stand inmitten seines Ateliers, umgeben von den Werken, die bald in der Ausstellung gezeigt werden sollten. Seine Gedanken waren jedoch nicht bei den Bildern, sondern bei der bevorstehenden Verabredung mit Felix. Er hatte nie erwartet, dass jemand wie Felix, so ruhig und zurückgezogen, eine solche Wirkung auf ihn haben könnte.

Mit einem Pinsel in der Hand begann Lukas an einer neuen Leinwand zu arbeiten. Die Idee für dieses Bild war ihm nach seinem letzten Besuch in der Buchhandlung gekommen. Es sollte etwas Besonderes sein, ein Werk, das seine eigenen Gefühle, aber auch die stille Intensität von Felix einfing.

Während er malte, dachte Lukas über die kleinen Momente nach, die er mit Felix geteilt hatte. Jedes Wort, jeder Blick hatte etwas in ihm erweckt, eine tiefe Verbindung, die er nicht ganz erklären konnte.

Dieses Kunstwerk sollte mehr als nur ein weiteres Stück in seiner Sammlung sein; es war ein Spiegel seiner inneren Welt und der leisen Veränderungen, die seit dem Kennenlernen von Felix stattgefunden hatten.

Als Lukas schließlich seine Pinsel niederlegte, betrachtete er das Bild vor sich. Es war anders als alles, was er zuvor geschaffen hatte – ruhiger, tiefer, persönlicher. Er wusste, dass er es bei der Ausstellung zeigen würde, und der Gedanke daran, Felix' Reaktion darauf zu sehen, erfüllte ihn mit einer Mischung aus Nervosität und Vorfreude.

Als er kurz auf sein Handy blickte, bemerkte er eine neue Nachricht von Antoine, einem seiner engsten Freunde aus Paris.

«Hey Lukas, wie läuft es in der Kleinstadt? Wir vermissen dich hier in Paris!», las er die Nachricht von

Antoine und ein Lächeln breitete sich auf seinem Gesicht aus.

Antoine war immer dafür bekannt gewesen, die Stimmung zu heben und eine positive Perspektive zu bewahren.

Lukas tippte schnell eine Antwort: «Die Kleinstadt hat ihren eigenen Charme, aber ich vermisse euch auch. Hoffe, wir sehen uns bald wieder.»

Antoine antwortete fast sofort: «Definitiv! Und vergiss nicht, wir sind immer nur einen Anruf entfernt. Paris wartet auf dich, mein Freund.»

Lukas stand einen Moment lang still und betrachtete das alte Familienfoto auf dem Kaminsims seines Ateliers. Es zeigte ihn als Kind, lächelnd zwischen seinen mittlerweile verstorbenen Eltern. Seit ihrem Verlust vor einigen Jahren hatte er gelernt, auf eigenen Beinen zu stehen, geprägt von der Liebe und der Freiheit, die sie ihm immer gewährt hatten. Ihr Erbe war ein Teil von ihm – in seiner Kunst, in seinem Streben nach

Authentizität und in der Art, wie er die Welt sah. Sie hatten ihm die Flügel gegeben, Paris zu erkunden, und jetzt, in der Kleinstadt, fühlte er, wie ihre stille Präsenz ihn immer noch leitete.

Die Kunstausstellung war in vollem Gange, als Felix ankam. Die Räume waren gefüllt mit Menschen, die sich angeregt unterhielten, und die Wände waren bedeckt mit den verschiedensten Kunstwerken.

Für Felix, der sein Leben meist in der ruhigen Welt der Bücher verbracht hatte, fühlte sich das alles fremd und aufregend zugleich an.

Er entdeckte Lukas, der bei einem der Kunstwerke stand und mit einigen Gästen sprach. Als Lukas Felix erblickte, hellte sich sein Gesicht auf.

«Du bist da! Komm, ich zeige dir etwas», sagte er und winkte Felix zu sich.

Gemeinsam schlenderten sie durch die Ausstellung, und Lukas erklärte die Geschichten und Techniken hinter den verschiedenen Werken. Felix hörte fasziniert zu, beeindruckt von Lukas' Wissen und seiner Begeisterung für die Kunst.

Als sie zu einem mit einem Tuch ver-
hüllten Bild kamen, hielt Lukas inne.

«Ich möchte dir etwas Besonderes
zeigen», sagte er und enthüllte das
Kunstwerk, das er inspiriert von Felix
geschaffen hatte.

Felix' Atem stockte, als er das Bild
betrachtete. Es war eine Darstellung der
Buchhandlung, aber durch Lukas'
Augen gesehen – lebendig, farbenfroh
und doch irgendwie ruhig. In der Mitte
des Bildes stand eine Figur, die unverkennbar Felix war, umgeben von einem
Meer aus Büchern und Farben.

«Ich… das ist unglaublich, Lukas»,
stammelte Felix, überwältigt von der
Geste und der Bedeutung des Werks.

Lukas beobachtete Felix' Reaktion mit
einem leisen Lächeln.

«Du hast mich inspiriert», sagte er einfach. «Diese Buchhandlung, deine Welt
– sie hat mir eine ganz neue Perspektive
gegeben.»

Der Rest des Abends verging in einem
Wirbel aus Gesprächen und Bewunderung für die Kunst, aber für Felix gab es
nur ein Highlight – das Bild, das Lukas
für ihn geschaffen hatte.

Es war, als hätte Lukas einen Teil seiner
Seele auf die Leinwand gebracht, und
Felix fühlte sich zutiefst verbunden mit
dem Künstler neben ihm.

Als die Ausstellung zu Ende ging und
sie sich verabschiedeten, wusste Felix,
dass sich etwas zwischen ihnen verändert hatte. Dieser Abend hatte nicht
nur eine Welt der Kunst für ihn
geöffnet, sondern auch die Möglichkeit
einer neuen, tieferen Verbindung zu
Lukas.

Kapitel 5

Felix war gerade dabei, ein paar Bücher im Regal zu sortieren, als die Türklingel der Buchhandlung klang. Er drehte sich um und sein Herz sank, als er das vertraute Gesicht seines ehemaligen Schulkameraden, Markus, erkannte. Markus hatte Felix in der Schule oft wegen seiner stillen Art und wegen Gerüchten über seine Homosexualität gehänselt.

«Hallo, Felix», begrüßte Markus ihn mit einem überraschend freundlichen Lächeln. «Lange nicht gesehen.»

Felix nickte steif. «Hallo, Markus. Was führt dich hierher?»

«Ich suche ein Geschenk für meine Freundin. Sie liebt diese romantischen Liebesromane», antwortete Markus, während sein Blick durch die Buchhandlung schweifte.

Während Felix ihm einige Bücher empfahl, konnte er nicht aufhören, an die schmerzhaften Erinnerungen zu denken, die Markus' Anwesenheit hervorrief.

Die alte Angst und Unsicherheit krochen in ihm hoch, und er fühlte sich plötzlich wieder wie der schüchterne, unsichere Junge von damals.

Nachdem Markus gegangen war, blieb Felix nachdenklich zurück. Die Begegnung hatte alte Wunden aufgerissen und ihn an die Härte erinnert, mit der die Welt manchmal auf Menschen wie ihn reagierte.

Er dachte an Lukas, an ihre wachsende Nähe und fragte sich, ob er wirklich bereit war, sich auf jemanden einzulassen, der so anders war, so sichtbar und unverfroren er selbst.

Die Zweifel begannen, an Felix zu nagen. War es sicher, seine Gefühle für Lukas zu erforschen, oder riskierte er, sich selbst und seine hart erkämpfte Ruhe zu verlieren?

Die Angst vor Ablehnung und Schmerz, die er so lange unterdrückt hatte, begann, an die Oberfläche zu dringen.

In diesem Moment stand Felix an einem Scheideweg. Sollte er seinem Herzen folgen und das Risiko eingehen, verletzt zu werden, oder sollte er sich in die Sicherheit seiner gewohnten Einsamkeit zurückziehen?

Obwohl er einen festen Freundeskreis hatte, mit Leuten, die er regelmäßig traf, fühlte sich Felix immer wieder von einer tiefen, inneren Einsamkeit umgeben, die in Momenten wie diesen besonders spürbar wurde.

Lukas betrat die Buchhandlung mit einem Lächeln, das jedoch sofort verblasste, als er Felix' angespannte Haltung bemerkte.

«Hey, Felix, alles in Ordnung?», fragte er besorgt, als er näher trat.

Felix sah auf, bemüht, seine Unruhe zu verbergen.

«Ja, ja, alles gut. Was kann ich für dich tun?»

«Ich wollte nur vorbeischauen und sehen, wie es dir geht», erwiderte Lukas, ein besorgter Unterton in seiner Stimme. «Du siehst besorgt aus.»

Felix schüttelte den Kopf.

«Nein, nein, es ist alles in Ordnung. Wirklich.» Seine Stimme zitterte leicht, ein deutliches Zeichen, dass nicht alles stimmte.

Lukas trat einen Schritt näher.

«Felix, wenn etwas los ist, kannst du mit mir darüber sprechen. Ich bin hier, um dir zuzuhören.»

Felix spürte, wie sich eine Mauer in ihm aufbaute.

«Lukas, ich weiß das zu schätzen, aber ich kann gerade nicht darüber sprechen.» Seine Worte waren sanft, aber bestimmt.

Lukas zögerte, unsicher, wie er reagieren sollte.

«Okay, wenn du das sagst. Aber erinnere dich, dass ich hier bin, wenn du reden willst.» Er lächelte schwach, bevor er sich umdrehte und die Buchhandlung verließ.

Nachdem Lukas gegangen war, lehnte sich Felix gegen den Tresen und schloss die Augen. Er war zerrissen zwischen dem Wunsch, sich Lukas anzuvertrauen und der tief verwurzelten Angst, verletzt zu werden.

Die Begegnung mit Markus hatte alte Wunden aufgerissen, und nun fühlte er sich verloren in einem Meer aus Unsicherheit.

Felix saß allein in seinem kleinen Zimmer, umgeben von Büchern und Erinnerungen. Das gedämpfte Licht der Schreibtischlampe warf lange Schatten an die Wände. Er dachte über die letzten Tage nach, über Lukas und die unerwarteten Wege, die sein Leben genommen hatte.

Er erkannte, dass seine Vergangenheit, seine Ängste und Unsicherheiten einen Schatten über sein gegenwärtiges Glück warfen. Die Begegnung mit Markus hatte alte Wunden aufgerissen, aber es hatte ihm auch gezeigt, dass er nicht länger in der Vergangenheit leben konnte. Er musste lernen, sich seinen Ängsten zu stellen, wenn er jemals vorwärtskommen wollte.

Felix dachte an Lukas, an dessen Offenheit und Mut, sein wahres Selbst zu sein.

Er wünschte, er könnte nur einen Bruchteil von dessen Stärke haben.

Doch dann wurde ihm klar, dass Lukas' Stärke nicht nur in seiner Sichtbarkeit lag, sondern auch in seiner Fähigkeit, sich zu öffnen und verletzlich zu sein.

Mit einem tiefen Atemzug stand Felix auf. Er ging zu seinem Fenster und blickte in die stille Nacht. Die Sterne funkelten am Himmel, wie kleine Erinnerungen daran, dass es immer Licht in der Dunkelheit gibt.

«Ich weiß nicht, was ich machen soll, Jonas», gestand Felix einem Freund am nächsten Tag, während sie durch den Park spazierten.

«Hör zu, Felix. Du und Lukas, ihr seid aus unterschiedlichen Welten. Aber ich sehe, wie du aufblühst, wenn du von ihm erzählst. Obwohl ich ihn nicht kenne, sehe ich, wie er dich zum Lächeln bringt. Gib ihm und dir selbst eine Chance», riet Jonas.

«Aber was, wenn es schiefgeht?»

«Dann sind wir hier, um dich aufzufangen. Aber ich habe das Gefühl, dass es das Risiko wert ist.»

Felix nickte nachdenklich. Jonas hatte vielleicht recht. Vielleicht war es an der Zeit, sich den Herausforderungen zu stellen, statt ihnen auszuweichen.

In diesem Moment traf Felix eine Entscheidung. Er würde sich nicht länger von seinen Ängsten beherrschen lassen. Er wollte lernen, sich zu öffnen, zu vertrauen und vielleicht sogar zu lieben.

Am nächsten Tag beschloss Felix, Lukas zu besuchen und ihm von seinen Gefühlen und Ängsten zu erzählen. Es war ein riskanter Schritt, aber einer, der notwendig war, um die Schatten seiner Vergangenheit hinter sich zu lassen und in ein helleres Kapitel seines Lebens zu treten.

Kapitel 6

Felix' Herz schlug heftig, als er vor Lukas' Ateliertür stand. Er nahm all seinen Mut zusammen und klopfte. Die Tür öffnete sich, und Lukas erschien, überrascht, aber erfreut, Felix zu sehen.

«Hey, Felix. Das ist eine Überraschung. Komm herein», sagte Lukas und machte Platz.

Felix trat ein, sein Blick fiel auf die lebendigen Kunstwerke, die die Wände zierten. Er atmete tief durch, bevor er begann zu sprechen.

«Lukas, ich… ich muss mit dir über etwas reden.»

Lukas nickte, seine Haltung aufmerksam und offen. «Natürlich, Felix. Was ist los?»

Felix erzählte von der Begegnung mit Markus, von den alten Ängsten und wie sie ihn in der Gegenwart beeinflussten.

Er sprach von seiner Unsicherheit und Verletzlichkeit, Dinge, die er noch nie jemandem offenbart hatte.

Während er sprach, sah er Lukas direkt in die Augen, suchte nach einem Zeichen von Urteil oder Ablehnung. Aber alles, was er fand, war Verständnis und eine tiefe, aufrichtige Anteilnahme.

Lukas ging einen Schritt auf Felix zu.

«Ich verstehe, Felix. Und ich bewundere deinen Mut, mir das zu erzählen. Deine Vergangenheit macht dich zu dem, der du bist, und ich... ich mag, wer du bist.»

Felix fühlte, wie sich etwas in seinem Inneren lockerte. Die Last, die er so lange getragen hatte, schien leichter zu werden.

«Ich hatte Angst», gestand er. «Angst, dass du anders über mich denkst, wenn du das alles weißt.»

«Nein», sagte Lukas sanft. «Es bringt mich dir nur näher. Wir alle haben

Schatten in unserer Vergangenheit. Es ist, wie wir damit umgehen, das zählt.»

In diesem Moment fühlten sich Felix und Lukas einander näher als je zuvor. Die Mauern, die Felix um sich errichtet hatte, begannen zu bröckeln, und er sah einen Weg vor sich, einen Weg, den er gemeinsam mit Lukas gehen wollte.

Als Felix das Atelier verließ, fühlte er sich leichter, als hätte er einen langen, dunklen Tunnel verlassen und wäre wieder ins Licht getreten. Er wusste, dass der Weg nicht einfach sein würde, aber zum ersten Mal seit Langem fühlte er sich nicht mehr allein.

Die Straßen der Stadt fühlten sich anders an, als Felix und Lukas sie gemeinsam erkundeten. Die Farben schienen heller, die Geräusche lebhafter, und selbst die Luft schien erfüllt von einer neuen Art von Energie.

Lukas führte Felix an Orte, die dieser noch nie zuvor besucht hatte – kleine Kunstgalerien, lebhafte Cafés und versteckte Gärten. Jeder Ort erzählte eine eigene Geschichte, und Felix fand sich fasziniert von der Welt, die sich ihm offenbarte.

«Siehst du? Das Leben ist voller Überraschungen und Schönheit, man muss nur wissen, wo man suchen muss», sagte Lukas, während sie durch eine kleine Gasse voller Wandmalereien schlenderten.

Felix nickte, beeindruckt von der Kreativität und Lebendigkeit, die ihn umgaben.

«Ich habe nie gewusst, dass all das hier
existiert. Meine Welt war immer so
klein, so… begrenzt.»
Lukas legte einen Arm um Felix' Schultern.
«Deine Welt ist wunderschön, Felix.
Und jetzt wird sie einfach ein bisschen
größer. Das ist alles.»
Im Gegenzug zeigte Felix Lukas seine
Welt – die ruhigen Ecken der Stadt, den
alten Park mit seinem stillen Teich und
die Buchhandlung nach Schließung.
Lukas fand sich gefangen in der Tiefe
und Ruhe dieser Orte, so anders als die
lebhaften Räume, die er gewohnt war.
«Es ist so still hier, so friedlich»,
bemerkte Lukas, als sie im Park auf
einer Bank saßen. «Ich verstehe jetzt,
warum du Bücher liebst. Sie sind wie
Tore zu anderen Welten.»
Felix lächelte.
«Ja, das sind sie. Aber ich beginne zu
sehen, dass es auch außerhalb von
Büchern viel zu entdecken gibt.»

In den Tagen, die folgten, lernten sie
voneinander und mit jedem Tag wuchs
ihre Verbindung. Für Felix war es, als
würde er langsam aus einem langen
Schlaf erwachen, während Lukas die
Stille und Tiefe in Momenten des
Alleinseins zu schätzen lernte.

Kapitel 7

Die Buchhandlung war für Felix mehr als nur ein Arbeitsplatz; sie war ein Treffpunkt für Gleichgesinnte, ein Ort des Austauschs und der Gemeinschaft. Jeden Dienstagabend nach Ladenschluss verwandelte sich der Raum in einen gemütlichen Treffpunkt für den Buchclub, den Felix vor Jahren ins Leben gerufen hatte. Mit ein paar bequemen Sesseln, sanftem Licht und umgeben von Regalen voller Bücher, bot die Buchhandlung die perfekte Atmosphäre für literarische Diskussionen und freundschaftliche Gespräche.

Anna, eine lebenslange Freundin von Felix und begeisterte Romanliebhaberin, war eine der Stammgäste. Sie hatte eine Vorliebe für klassische Literatur und brachte stets neue Bücher mit, die sie mit der Gruppe teilen wollte.

Ihr scharfer Verstand und ihre liebevolle Art machten sie zu einer beliebten Figur im Buchclub.

Jonas, ein weiteres Mitglied der Gruppe, war erst später dazugestoßen. Er war ein ehemaliger Studienkollege von Felix und hatte eine Schwäche für historische Romane und Biografien. Seine ruhige, bedachte Art ergänzte die Dynamik des Clubs perfekt.

An diesem Abend, während die Mitglieder des Buchclubs in ihren Sesseln entspannten und die Seiten ihrer aktuellen Lektüre umblätterten, brach Anna das Schweigen.

«Also, Felix, wie läuft es mit dem geheimnisvollen Künstler?», fragte sie, während sie durch die Seiten ihres Romans blätterte.

Felix lächelte schüchtern.

«Lukas ist… anders. Er bringt Farbe in meine Welt.»

«Er klingt faszinierend», meinte Jonas, seinen Blick von einem dicken

Geschichtsbuch hebend. «Du verdienst jemanden, der dein Leben bereichert.»

«Danke, ihr beiden. Ich bin nur… vorsichtig.»

«Und das ist auch gut so», erwiderte Anna. «Aber denk daran, dass du auch mutig sein solltest. Du hast dich deinen Eltern widersetzt und bist kein Architekt geworden, so wie sie es wollten. Jetzt, wo du beruflich deinen Traum lebst, solltest du auch privat dein Glück finden. Dafür musst du dich auch selbst einsetzen. Du weißt, dass wir für dich da sind, wenn du Hilfe benötigst.»

Felix nickte dankbar. In diesem Moment fühlte er sich nicht nur von Büchern, sondern auch von wertvollen Freundschaften umgeben. Der Buchclub war nicht nur ein Ort für literarische Diskussionen, sondern auch ein sicherer Hafen, in dem er seine Gedanken und Gefühle frei teilen konnte.

Er wusste, dass er sich auf die Unter-
stützung und Ehrlichkeit seiner
Freunde verlassen konnte, egal, welche
Wendungen das Leben nahm.

Felix spürte eine Veränderung in der Luft, als er Lukas' Atelier betrat. Lukas stand am Fenster und sprach mit einem Mann, dessen Rücken zu Felix gewandt war.

Als sie sich umdrehten, stellte Felix fest, dass der Mann Lukas' Ex-Partner Max war, von dem er schon gehört hatte.

«Ah, Felix, das ist Max. Er hat gerade die Stadt besucht und wollte vorbeischauen», erklärte Lukas, doch seine Stimme klang angespannt.

Max streckte seine Hand aus.

«Schön, dich zu treffen, Felix. Lukas hat viel von dir erzählt.»

Felix erwiderte mit feuchten Händen den Händedruck.

«Ebenso», sagte er, bemüht um Höflichkeit.

Nachdem Max gegangen war, herrschte eine merkwürdige Stille zwischen Felix und Lukas.

Felix konnte nicht helfen, aber fühlte sich unbehaglich bei dem Gedanken an Lukas' Vergangenheit mit Max.

«Felix, es bedeutet nichts, dass Max hier war. Das ist vorbei», sagte Lukas, als hätte er Felix' Gedanken gelesen.

«Ich weiß», antwortete Felix, obwohl ein Teil von ihm zweifelte. «Es ist nur… es ist komisch, ihn plötzlich hier zu sehen.»

Lukas trat näher und legte eine Hand auf Felix' Schulter.

«Ich verstehe, dass es seltsam ist. Aber du musst wissen, dass das, was ich mit Max hatte, Vergangenheit ist. Was ich mit dir habe, ist anders, tiefer.»

Felix wollte Lukas glauben, doch das Echo von Max' Anwesenheit hallte in seinem Kopf nach. Er fühlte sich unsicher, ein Gefühl, das er gehofft hatte, überwunden zu haben.

In den nächsten Tagen fand sich Felix in einem Strudel von Zweifeln und Unsicherheiten wieder.

Lukas tat sein Bestes, um ihn zu beruhigen, aber die unerwartete Rückkehr von Max hatte eine latente Unsicherheit in Felix geweckt.

Allein in der Stille seiner Wohnung setzte sich Felix an seinen Schreibtisch und schlug ein leeres Tagebuch auf. Das Schreiben war immer seine Zuflucht gewesen, ein Ort, um seine Gedanken zu ordnen und seinen Gefühlen Ausdruck zu verleihen.

Mit zögernder Hand begann er zu schreiben, über seine Begegnung mit Max, seine Unsicherheit und Eifersucht, und wie diese Emotionen ihn überrascht hatten.

Während die Worte auf das Papier flossen, spürte Felix, wie eine Last von seinen Schultern fiel. Er konnte seine Ängste benennen und sich ihnen stellen.

Unterdessen hatte Lukas in seinem Atelier eine Idee. Er wollte ein Kunstwerk schaffen, das seine Gefühle für Felix ausdrückte, etwas, das tiefer ging als Worte. Er hoffte, dass dieses Geschenk Felix zeigen würde, wie ernst ihm ihre Beziehung war und dass die Geister der Vergangenheit ihre Gegenwart nicht überschatten konnten.

Die nächsten Tage verbrachten Felix und Lukas getrennt, jeder in seinen eigenen Gedanken vertieft. Felix fand Trost in seinem Tagebuch, während Lukas in seiner Kunst eine Ausdrucksform fand.

Als sie sich wiedertrafen, war eine spürbare Veränderung in ihrer Dynamik zu erkennen. Felix fühlte sich gefestigter, sicherer in seinen Emotionen. Lukas, der die Veränderung in Felix bemerkte, fühlte sich ermutigt, sein Kunstwerk zu enthüllen.

Es war ein einfaches, aber tiefgründiges Stück, das die Verbindung zwischen ihnen darstellte – zwei Figuren, fest verbunden, ihre Schatten miteinander verflochten. Felix war berührt von der

Symbolik und der Tiefe des Kunst-
werks.

«Das sind wir», sagte Lukas leise.
«Egal, was die Vergangenheit bringt,
unsere Verbindung bleibt bestehen.»
Felix sah Lukas an, die Worte und das
Bild zusammenbringend. «Danke,
Lukas. Das bedeutet mir sehr viel.»
In der gemütlichen Atmosphäre der
Buchhandlung nach Schließung saßen
Felix und Lukas zusammen und dis-
kutierten ihre Pläne.

«Ich denke, wir könnten hier eine Art
Ausstellung machen», schlug Lukas
vor. «Deine Bücher neben meinen Bil-
dern. Es würde zeigen, wie Kunst und
Literatur sich ergänzen können.»
Felix leuchteten die Augen.

«Das ist eine fantastische Idee! Wir
könnten Lesungen und Kunstvorfüh-
rungen organisieren. Es wäre eine perfekte Verbindung unserer Welten.»
In den folgenden Tagen waren sie mit
den Vorbereitungen beschäftigt. Felix

wählte Bücher aus, die thematisch zu Lukas' Kunstwerken passten, während Lukas überlegte, welche seiner Arbeiten am besten in den Raum passten.

Die Nachricht über das bevorstehende Event verbreitete sich schnell in der Gemeinschaft, und bald war ein spürbares Summen der Vorfreude zu spüren. Sowohl Kunstliebhaber als auch Literaturfans zeigten großes Interesse.

Am Tag der Veranstaltung war die Buchhandlung kaum wiederzuerkennen. Lukas' lebendige Gemälde hingen an den Wänden, während die Bücherregale sorgfältig arrangierte Werke präsentierten, die die Themen und Farben der Kunstwerke widerspiegelten.

Die Gäste waren beeindruckt von der Harmonie zwischen den Büchern und der Kunst. Felix führte Lesungen durch, während Lukas über die Inspirationen und Techniken seiner Werke sprach.

Ihre Leidenschaft und Harmonie waren ansteckend, und die Atmosphäre war erfüllt von angeregten Gesprächen und Bewunderung.

Als der Abend zu Ende ging, standen Felix und Lukas Seite an Seite, blickten auf das erfolgreiche Event zurück.

«Wir haben das zusammen gemacht», sagte Felix mit Stolz in seiner Stimme.

«Ja, das haben wir», stimmte Lukas zu, seine Hand suchte Felix'. «Zusammen sind wir ein tolles Team.»

Kapitel 8

Das Wohnzimmer seiner Eltern war erfüllt von der vertrauten, aber heute irgendwie beklemmenden Stille. Familienfotos schmückten die Wände, und die Uhr tickte monoton im Hintergrund. Felix spürte die Anspannung, als er sich seinen Eltern gegenüberstellte.

«Mutter, Vater, ich bin hier, weil ich möchte, dass ihr versteht. Die Buchhandlung und Lukas... sie sind mein Leben», sagte Felix mit einer Stimme, die fester klang, als er sich fühlte.

Sein Vater, ein Mann der wenigen Worte, saß mit verschränkten Armen da und musterte ihn.

«Wir wollen nur das Beste für dich, Felix. Aber wir machen uns Sorgen, dass du dich in dieser kleinen Welt verlierst.»

«Ich verliere mich nicht, Vater. Ich habe mich gefunden», erwiderte Felix. «In den Büchern, in der Buchhandlung, bei Lukas – dort bin ich ich selbst.»

Seine Mutter, deren besorgte Augen immer wieder zwischen Felix und seinem Vater hin und her wanderten, seufzte leise. «Felix, es ist schwer für uns zu verstehen. Diese Welt der Bücher, diese… Beziehung. Wir wollen nur, dass du glücklich bist.»

«Ich bin glücklich», insistierte Felix. «Lukas versteht mich auf eine Weise, wie es sonst niemand tut. Er respektiert meine Leidenschaft für Bücher und teilt sie sogar.»

«Und was ist mit der Zukunft, Felix? Was ist mit Sicherheit, mit Familie?», warf sein Vater ein, seine Stimme nun weniger streng, mehr besorgt.

«Meine Zukunft ist hier und jetzt», sagte Felix leise, aber bestimmt. «Und Lukas ist ein Teil davon. Ich weiß, es ist

nicht der traditionelle Weg, aber es ist
mein Weg.»
Ein langes Schweigen folgte, in dem
nur das Ticken der Uhr zu hören war.
Schließlich nickte seine Mutter.
«Wir lieben dich, Felix. Auch wenn wir
nicht alles verstehen, was du tust. Und
wenn dieser Lukas dich glücklich
macht… dann soll es so sein.»
Felix fühlte, wie sich eine Last von
seinen Schultern hob.
Es war kein perfektes Verständnis, aber
es war ein Anfang, eine Brücke zwischen seiner Welt und der seiner Eltern.
Er wusste, es würde Zeit brauchen,
aber dieser Moment war ein Schritt auf
einem längeren Weg zur Akzeptanz
und vielleicht sogar zum vollen Verständnis.
«Danke», flüsterte er, und in diesem
kleinen Wort lag eine Welt voller Hoffnung und Dankbarkeit.

Lukas und Felix saßen in Lukas' Atelier, umgeben von den lebendigen Farben seiner Bilder, als Lukas das Thema zur Sprache brachte.

«Felix, ich habe ein Angebot bekommen. Eine große Galerie in Paris möchte eine Einzelausstellung meiner Werke machen.»

Felix' Herz sank.

«Das klingt… großartig, Lukas. Wirklich.»

Lukas blickte nachdenklich aus dem Fenster.

«Es ist eine unglaubliche Chance, Felix. Aber es würde bedeuten, dass ich für einige Zeit nach Paris ziehen müsste.»

Die Stille zwischen ihnen war schwer. Felix spürte, wie sich Angst und Unsicherheit in ihm breitmachten. Die Aussicht, Lukas zu verlieren, auch nur vorübergehend, war beängstigend.

«Felix, ich weiß nicht, was ich tun soll», gestand Lukas. «Einerseits ist es eine Chance, von der ich immer geträumt

habe. Andererseits möchte ich nicht
unsere Beziehung riskieren.»
Felix fühlte, wie seine Kehle sich
zuschnürte.
«Ich möchte nicht der Grund sein,
warum du so eine Gelegenheit verpasst,
Lukas.»
«Aber du bist der Grund, warum ich
überhaupt hierbleiben möchte», erwiderte Lukas leise.
Die Entscheidung lastete schwer auf
ihnen beiden. Lukas stand vor der Wahl
zwischen seiner Karriere und seiner
Beziehung zu Felix, während Felix den
Drang zurückhalten musste, Lukas
davon abzubringen, wegzugehen.
In den folgenden Tagen war die Atmosphäre zwischen ihnen von Unsicherheit und unausgesprochenen Fragen
geprägt. Lukas kämpfte mit seiner Entscheidung, und Felix versuchte, seine
eigenen Ängste und den Wunsch,
Lukas zu unterstützen, in Einklang zu
bringen.

Das schwache Licht der Nachmittags-
sonne fiel durch das Fenster von Felix'
Buchhandlung, als er und Lukas sich
für ein ernsthaftes Gespräch
zusammensetzten.

«Lukas, ich habe darüber nachgedacht», begann Felix zögerlich. «Vielleicht ist es das Beste, wenn du das
Angebot annimmst.»

Lukas sah ihn überrascht an.

«Felix, ich kann nicht einfach gehen
und unsere Beziehung…»

Felix unterbrach ihn. «Ich weiß, es wird
schwierig. Aber ich möchte nicht der
Grund sein, warum du aufhörst, deinen
Träumen zu folgen. Ich liebe dich, und
deshalb will ich, dass du das tust, was
für dich am besten ist.»

Lukas griff nach Felix' Hand.

«Und was ist mit uns? Was ist mit dem,
was wir hier haben?»

Felix sah ihm in die Augen, seine eigenen voller unausgesprochener Sorgen.

«Ich weiß es nicht, Lukas. Aber ich weiß, dass ich nicht in deinem Weg stehen will. Vielleicht… vielleicht können wir eine Fernbeziehung führen. Wir könnten es zumindest versuchen.»

Die Möglichkeit einer Fernbeziehung lag wie eine schwer greifbare Hoffnung vor ihnen. Lukas war hin- und hergerissen zwischen der Liebe zu Felix und der Chance, seine Kunst auf eine neue Ebene zu heben.

«Es wird nicht einfach sein», sagte Lukas leise. «Paris ist weit weg, und ich werde viel Zeit und Energie in die Vorbereitung der Ausstellung stecken müssen.»

«Ich weiß», antwortete Felix. «Aber wir sind stark, Lukas.»

Als der Abend hereinbrach, hatte Lukas eine Entscheidung getroffen.

«Ich werde nach Paris gehen», sagte er fest. «Aber ich verspreche dir, dass dies unsere Beziehung nicht beenden wird.

Wir werden einen Weg finden, das zu schaffen.»

Felix nickte und schaute Lukas mit feuchten Augen an. «Ich vertraue dir, Lukas. Und ich werde hier auf dich warten.»

Kapitel 9

Die Tage bis zu Lukas' Abreise nach Paris waren gefüllt mit einer Mischung aus Vorfreude und Melancholie. Während Lukas seine Koffer packte, spürte Felix ein stetiges Ziehen in der Brust.

«Wir werden jeden Tag sprechen, okay? Und ich komme dich besuchen, so oft ich kann», versprach Lukas, als er seine letzten Sachen zusammenpackte.

Felix nickte, seine Kehle eng vor unausgesprochenen Worten.

«Ich weiß. Es wird nur… anders sein.»

Der Tag der Abreise kam zu schnell. Sie standen am Bahnhof, fest umschlungen, unfähig, sich zu trennen.

«Ich liebe dich», flüsterte Lukas.

«Ich dich auch», erwiderte Felix, seine Stimme erstickt von Tränen.

Als der Zug abfuhr, stand Felix da, sah zu, wie Lukas in der Ferne verschwand, und fühlte, wie ein Teil von ihm mitging.

In den folgenden Wochen fanden sie sich in der neuen Realität ihrer Fernbeziehung wieder. Die täglichen Videoanrufe wurden zu ihrem Anker, eine Verbindung, die sie über die Distanz hinweg aufrechterhielt. Jedes Gespräch war ein kostbarer Moment, gefüllt mit Geschichten, Lachen und manchmal Tränen.

Die Fernbeziehung brachte neue Herausforderungen mit sich, aber auch eine neue Tiefe ihres Verständnisses und ihrer Wertschätzung füreinander. Sie lernten, die kleinen Dinge zu schätzen und fanden Wege, ihre Liebe über die Kilometer hinweg zu stärken.

Paris war ein Wirbel aus Farben, Geräuschen und unendlicher Energie, ein starker Kontrast zu der ruhigen Kleinstadt, die Lukas gewohnt war. Sein Atelier in Paris war geräumig und hell, ein

perfekter Ort für seine Kreativität, doch
es fehlte die vertraute Gegenwart von
Felix.

Während er an seinen Kunstwerken für
die bevorstehende Ausstellung arbeitete, fand Lukas seine Gedanken oft bei
Felix. Er vermisste die ruhigen Abende
in der Buchhandlung, die tiefgründigen
Gespräche und einfach die Nähe zu
Felix.

Die Vorbereitungen für die Ausstellung
waren intensiv. Lukas arbeitete lange
Stunden, immer getrieben von dem
Wunsch, etwas zu schaffen, das nicht
nur die Pariser Kunstszene beeindrucken, sondern auch Felix stolz machen
würde.

In den Pausen zwischen dem Malen
und Organisieren rief er Felix an, teilte
seine Fortschritte und Herausforderungen. Jedes Mal, wenn er Felix'
Stimme hörte, fühlte er eine Mischung
aus Freude und Sehnsucht.

In einem kleinen, gemütlichen Café im Herzen von Paris saß Lukas an einem abgelegenen Tisch, umgeben von seinen alten Freunden. Die warme Atmosphäre des Cafés und das vertraute Lachen seiner Freunde um ihn herum boten einen willkommenen Kontrast zu der Unruhe, die ihn in den letzten Tagen begleitet hatte.

«Es ist so gut, dich wieder hier zu haben, Lukas», sagte Chloé, während sie einen Schluck ihres Kaffees nahm. «Aber du siehst besorgt aus. Was ist los?»

Lukas zögerte einen Moment, bevor er antwortete. «Es ist Felix… ich vermisse ihn. Und ich weiß nicht, wie wir mit dieser Distanz zwischen uns umgehen sollen.»

Sophie, die ihm gegenübersaß, legte ihre Hand beruhigend auf seinen Arm.

«Lukas, Beziehungen auf Distanz sind schwierig, aber nicht unmöglich. Ihr

beide habt etwas Besonderes, etwas, das die Entfernung überstehen kann.»
Antoine, der neben Lukas saß, nickte zustimmend.
«Genau. Ihr habt beide eure eigene Welt, aber zusammen seid ihr noch stärker. Lass die Kunst deine Brücke zu ihm sein.»
Die Worte seiner Freunde gaben Lukas Trost und Hoffnung.
«Ihr habt recht. Ich sollte nicht zulassen, dass die Entfernung mich so beeinflusst. Ich muss einen Weg finden, unsere Verbindung zu stärken.»
Chloé lächelte.
«Und denk daran, wir sind hier, um dich zu unterstützen, Lukas. Paris ist nicht nur ein Ort, es ist ein Teil von dir, genau wie deine Freunde.»

Kapitel 10

Felix stand zögernd vor der Tür von Lukas' Atelier in Paris, sein Herz klopfte vor Aufregung. Er hatte extra einen Flug gebucht, um Lukas zu überraschen. Er konnte es kaum erwarten, Lukas wieder zu sehen, und freute sich schon auf dessen überraschtes Gesicht.

Als die Tür sich öffnete, traf ihn der Anblick von Max wie ein Schlag.

«Oh, Felix… Lukas ist gerade nicht da», sagte Max mit einem Lächeln, das Felix nicht einordnen konnte.

«Ich… Ich wollte ihn überraschen», stammelte Felix, während er versuchte, seine Enttäuschung zu verbergen.

Max trat zur Seite, um Felix hereinzulassen.

«Nun, das ist wirklich eine Überraschung. Er wird sicher bald zurück sein. Möchtest du warten?»

Während Felix in der kreativen Atmosphäre des Ateliers saß, umringt von Lukas' Kunst, fühlte er sich zunehmend unbehaglich. Max plauderte beiläufig über Lukas, erzählte von gemeinsamen Erinnerungen und ihrer tiefen Verbindung.

«Lukas und ich… wir haben hier viel Zeit miteinander verbracht», sagte Max nachdenklich.

Felix' Herz sank. Er stand abrupt auf.

«Ich sollte besser gehen.»

«Sicher? Lukas wird enttäuscht sein, dich verpasst zu haben», antwortete Max, seine Stimme sanft, aber in Felix' Ohren klang es falsch.

Sobald Felix das Atelier verließ, war seine Entscheidung gefasst. Er kehrte zurück in die Kleinstadt, verwirrt und verletzt, überzeugt davon, dass Lukas und Max wieder zusammen waren.

In der Buchhandlung, umgeben von den stillen Zeugen seiner vergangenen

Freude – den Büchern –, saß Felix alleine.

Sein Blick war leer, während er gedankenverloren das Foto von ihm und Lukas betrachtete, das auf seinem Schreibtisch stand. Es zeigte sie an einem sonnigen Tag im Park, strahlend und voller Hoffnung. Jetzt wirkte dieses Bild wie ein Relikt aus einer verlorenen Zeit.

Sein Handy, ein stummer Zeuge der unbeantworteten Anrufe und Nachrichten von Lukas, lag unberührt neben dem Foto. Jeder Ton, jede Vibration, die ein weiterer Versuch von Lukas ankündigte, fühlte sich an wie ein Stich ins Herz.

Die Bilder von Lukas und Max zusammen in Paris ließen Felix nicht los, ein ständiger Schmerz, der tief in seinem Inneren brannte.

Er versuchte, sich in die Routine der Buchhandlung zu flüchten – Bücher sortieren, Kunden beraten –, aber alles erinnerte ihn an Lukas. Jedes Buch, das sie gemeinsam betrachtet hatten, jeder Plan, den sie geschmiedet hatten, hallte nun hohl in Felix' Ohren.

In Paris durchlebte Lukas seine eigene Qual.

Er konnte nicht verstehen, warum Felix all seine Anrufe und Nachrichten ignorierte. Er fühlte sich verloren, sein Verstand gefangen in einem Netz aus Unsicherheit und Frustration.

«Warum antwortest du nicht, Felix?», flüsterte er in die Stille seines Ateliers.

Währenddessen ertränkte Felix seine Trauer in der nächtlichen Stille der Buchhandlung. Die Bücher, einst Quellen der Freude und Inspiration, schienen ihn jetzt mit ihren unzähligen Geschichten zu erdrücken. Seine Freunde bemerkten den Wandel in ihm, aber ihre Versuche, ihm zu helfen, prallten an der Mauer seiner Traurigkeit ab.

Er hatte sich in seine eigene Welt zurückgezogen, einen Kokon aus Schmerz und Erinnerungen.

Die Tage zogen vorbei, und mit jedem Tag wuchs der Abgrund zwischen Felix und Lukas. Das Missverständnis, das unausgesprochen zwischen ihnen lag, wurde zu einer unüberwindlichen Barriere, die ihre einst so starke Verbindung zu zerstören drohte.

Nach seiner übereilten Rückkehr in die Kleinstadt fand sich Felix in einem Wirbelsturm der Emotionen wieder. Er ignorierte Lukas' wiederholte Anrufe und Nachrichten, unfähig, über die Bilder von Max in Lukas' Atelier hinwegzukommen.

Er malte sich Szenarien aus, in denen Lukas und Max wieder zusammen waren, und jede unbeantwortete Nachricht verstärkte seine Überzeugung, dass er Lukas an Max verloren hatte.

In Lukas' Atelier in Paris, umgeben von seinen unvollendeten Kunstwerken, stand Max, der Lukas' Unruhe und Kummer beobachtete. Er hatte gehofft, dass seine Verbindung zu Lukas wieder aufleben könnte, aber jetzt, da er Lukas so verzweifelt sah, begann er, sein eigenes Handeln zu hinterfragen.

«Lukas, es tut mir leid, dich so zu sehen», begann Max zögernd. «Ich… ich hatte gehofft, dass wir vielleicht wieder…»

Lukas drehte sich zu ihm um, sein Blick müde und traurig.

«Max, was ist passiert? Warum bist du wirklich hier?»

Max atmete tief durch, das Gewicht seines schlechten Gewissens lastete schwer auf ihm.

«Ich dachte, das mit dir und Felix wäre nicht so ernst. Ich wollte eine zweite Chance. Aber ich sehe jetzt, wie sehr du ihn liebst und wie sehr du leidest.»

Lukas schaute Max direkt an, seine Augen suchten nach der Wahrheit.

«Max, was willst du mir sagen?»

Max senkte seinen Blick, unfähig, Lukas direkt anzusehen.

«Er war hier. Er wollte dich überraschen. Ich habe ihm gesagt, wir seien wieder zusammen. Ich dachte, es würde mir helfen, dich zurückzugewinnen, aber ich sehe jetzt, wie falsch das war.»

Lukas' Herz sank. Er hatte geahnt, dass etwas nicht stimmte, aber dies zu hören, traf ihn wie ein Schlag.

«Warum, Max? Warum würdest du so etwas tun?»

«Weil ich dich vermisst habe, Lukas. Aber ich sehe jetzt, dass meine Handlungen mehr Schaden angerichtet haben, als ich mir je vorstellen konnte», gestand Max mit einer Spur von Reue in seiner Stimme.

Lukas schüttelte den Kopf, enttäuscht und verletzt. «Ich muss mit Felix reden. Ich muss das richtigstellen.»

Max nickte, sein eigenes Herz wog schwer in seiner Brust.

«Ich hoffe, er kann mir verzeihen, Lukas. Und ich hoffe, du kannst mir eines Tages auch verzeihen.»

Als Max das Atelier verließ, griff Lukas nach seinem Handy. Er wusste, dass er jetzt handeln musste, um die Wahrheit zu offenbaren und zu versuchen, die Brücke zu Felix zu reparieren, die durch Missverständnisse und Lügen beschädigt worden war.

Er atmete tief durch und wählte mit unterdrückter Rufnummer in der Buchhandlung an. Das Läuten am anderen Ende klang wie ein fernes Echo seiner eigenen Unsicherheit.

«Hallo?», antwortete Felix schließlich, seine Stimme vorsichtig und zurückhaltend.

«Felix, ich bin es, Lukas. Bitte, hör mir zu. Es gibt etwas, das du wissen musst», begann Lukas, seine Stimme fest, aber voller Emotionen.

«Lukas? Was… was ist los?», fragte Felix, ein Hauch von Hoffnung schwang in seiner Stimme mit.

«Ich habe mit Max gesprochen. Er hat mir gesagt, dass du hier in Paris warst, um mich zu sehen. Er hat uns belogen, Felix. Er hat dich glauben lassen, dass wir wieder zusammen sind, aber das ist nicht wahr. Ich war nie wieder mit ihm zusammen», erklärte Lukas schnell, die Worte überschlugen sich fast in seiner Eile.

Felix schwieg einen Moment, dann hörte Lukas ein leises Schluchzen.

«Ich dachte, ich hätte dich verloren», flüsterte Felix.

«Nein, Felix, niemals. Ich liebe dich, nur dich. Ich bin wegen meiner Ausstellung hier gefangen, aber ich werde so schnell wie möglich zu dir zurückkehren», sagte Lukas, seine Stimme brach fast vor Verzweiflung.

«Ich… ich weiß nicht, was ich sagen soll. Ich habe so viel Schmerz gefühlt,

Lukas. So viel Zweifel», gestand Felix, seine Stimme ein Flüstern in der Dunkelheit.

«Ich weiß, und es tut mir so leid. Aber ich verspreche dir, wir werden das durchstehen. Wir werden zusammen stärker daraus hervorgehen», sagte Lukas mit einer Bestimmtheit, die keinen Zweifel an seiner Aufrichtigkeit ließ.

Sie sprachen noch lange, teilten ihre Gefühle und Ängste, und am Ende des Gesprächs fühlte Lukas, wie ein Teil der Last von seinen Schultern fiel. Sie hatten einen langen Weg vor sich, aber der erste Schritt zur Heilung war getan.

Kapitel 11

Die Tage in der Kleinstadt vergingen für Felix in einem sanften, monotonen Rhythmus. Er fand Trost in der Routine seiner Buchhandlung, die ihm half, die Leere zu füllen, die Lukas' Abwesenheit hinterlassen hatte. Jedes Mal, wenn er ein Buch an einen Kunden übergab oder durch die ruhigen Gänge schlenderte, fühlte er eine bittersüße Mischung aus Schmerz und Dankbarkeit.

Schmerz, weil Lukas nicht bei ihm war, und Dankbarkeit dafür, dass ihre Liebe trotz der Entfernung und der Missverständnisse bestand.

In Paris arbeitete Lukas unermüdlich an seinen Vorbereitungen für die Ausstellung. Jedes Kunstwerk war ein Ausdruck seiner tiefsten Emotionen, eine Palette aus Farben, die seine Liebe zu Felix, seinen Kampf mit der Trennung und die Hoffnung auf eine gemeinsame Zukunft widerspiegelten.

Abends, wenn Lukas und Felix ihre täglichen Videoanrufe führten, war es, als würde die Distanz zwischen ihnen für einen Moment schrumpfen. Sie sprachen über ihre Tage, ihre Träume und Ängste, und jeder Anruf endete mit einem Versprechen – bald wieder zusammen zu sein.

«Ich zähle die Tage, bis ich dich wieder in meinen Armen halten kann», sagte Lukas eines Abends, sein Gesicht vom Bildschirm beleuchtet.

Felix lächelte, obwohl Tränen seine Augen füllten.

«Ich auch, Lukas. Ich auch.»

Die Wochen vergingen, und die Ausstellung in Paris rückte näher. Lukas fühlte sich zerrissen zwischen der Aufregung über die Möglichkeit, seine Kunst zu präsentieren, und der Sehnsucht nach Felix.

Die Vorstellung, dass Felix nicht bei ihm sein konnte, um diesen Moment zu teilen, war schwer zu ertragen.

Während Lukas in Paris die letzten Vorbereitungen für seine Ausstellung traf, machte Felix in der Kleinstadt Pläne für Lukas' Rückkehr. Er wollte, dass ihre Wiedervereinigung etwas Besonderes wurde, ein Symbol für einen neuen Anfang. Die genauen Details dieser Pläne waren noch nicht festgelegt, aber in Felix' Kopf begannen die Ideen zu reifen.

Es war ein weiterer typischer Dienstagabend in Felix' Buchhandlung, der Raum summte vor der vertrauten Energie des wöchentlichen Buchclub-Treffens. Zwischen den Regalen voller Bücher und unter dem warmen Licht der Leselampen breitete Felix einige Skizzen und Notizen auf dem Tisch aus.

«Meint ihr, Lukas könnte die Idee gefallen?», fragte Felix etwas unsicher, während er auf seine Pläne deutete, die eine Verschmelzung von Kunst und Literatur darstellten.

Anna, die gerade einen Becher Tee an ihre Lippen hob, nickte enthusiastisch.

«Absolut, Felix. Lukas wird die Idee lieben. Es ist eine wundervolle Möglichkeit, seine Kunst in einem neuen Licht zu präsentieren.»

Jonas, der sich über die Skizzen beugte, stimmte zu.

«Ich finde, es ist eine großartige Idee. Es zeigt, wie sehr du seine Arbeit schätzt und wie gut sie sich mit deiner Leidenschaft für Bücher verbindet.»

Felix fühlte sich durch ihre Worte ermutigt. «Ich hoffe, es wird ein Raum, der nicht nur zum Stöbern einlädt, sondern auch zum Verweilen und Nachdenken anregt.»

«Es wird mehr als das», sagte Anna lächelnd. «Es wird ein Treffpunkt für Kreative und Bücherwürmer, ein Ort, der die Gemeinschaft zusammenbringt.»

«Und denk daran», fügte Jonas hinzu, «dies ist eine Gelegenheit, eure Beziehung auf eine neue, kreative Ebene zu heben. Es ist eine gemeinsame Unternehmung, die euch beide widerspiegelt.»

Felix nickte, die Worte seiner Freunde im Herzen. Er war dankbar für ihre Unterstützung und der Gemeinschaft, die sie ihm gaben. Voll Vorfreude und nervös überlegte er, wie er Lukas die Idee präsentieren könnte.

Am Tag der Ausstellung saß Felix allein in seiner Buchhandlung, sein Blick auf den Laptop gerichtet, der die Verbindung zu Lukas herstellte.

Durch die Kamera konnte er die lebendige Atmosphäre der Galerie in Paris miterleben. Lukas hatte sein Smartphone so positioniert, dass Felix einen perfekten Blick auf die ausgestellten Kunstwerke und die Besucher hatte.

«Siehst du das, Felix?», sagte Lukas'
Stimme aufgeregt aus dem Lautspre-
cher des Laptops. «Es ist unglaublich
hier.»

Felix lächelte, als er die Reaktionen der
Gäste auf Lukas' Kunstwerke beobachtete.

«Ich bin so stolz auf dich, Lukas. Es
sieht fantastisch aus.»

Die Kamera schwenkte herum, als
Lukas durch die Galerie ging, und Felix
konnte die Bewunderung in den Augen
der Gäste sehen. Sie hielten an, um die
Gemälde zu betrachten, und diskutier-
ten angeregt. Es war, als wäre er selbst
dort, mitten im Geschehen.

«Ich wünschte, du wärst hier», sagte
Lukas, als er für einen Moment innehielt und in die Kamera blickte.

«Ich auch», erwiderte Felix. «Aber so
fühle ich mich, als wäre ich ein Teil
davon. Danke, dass du das für mich
machst.»

Als die Ausstellung ihren Höhepunkt erreichte, verabschiedete sich Lukas von den letzten Gästen und fokussierte sich wieder auf die Kamera seines Smartphones, durch die er mit Felix verbunden war.

«Ich hoffe, wir können uns bald wiedersehen, Felix. Es gibt so viel, das wir feiern sollten», sagte Lukas, ein Hauch von Melancholie in seiner Stimme.

«Ja, das hoffe ich auch», antwortete Felix, die Vorfreude in seiner Stimme vermischt mit einem Anflug von Sehnsucht. «Und ich habe schon ein paar Ideen für unsere Wiedervereinigung.»

Nachdem sie sich verabschiedet hatten, klappte Felix den Laptop zu und ließ seinen Blick durch den Raum schweifen.

Kapitel 12

Felix war gerade dabei, einige neue Bücher in der Buchhandlung zu sortieren, als die Türklingel ertönte. Er blickte auf und erstarrte, als er Lukas im Türrahmen stehen sah, einen Koffer neben sich.

«Lukas! Was… Ich dachte, du kommst erst nächste Woche zurück?», stammelte Felix, völlig überrascht.

Lukas lächelte, trat ein und schloss die Tür hinter sich.

«Ich musste früher kommen. Ich habe etwas Wichtiges zu sagen.»

Felix' Herz klopfte vor Aufregung.

«Was ist los? Ist alles in Ordnung?»

«Mehr als das», antwortete Lukas, während er auf Felix zuging. «Die Ausstellung war ein Erfolg, Felix, und ich habe viele Angebote erhalten, in Paris zu bleiben. Aber…»

«Aber?», drängte Felix, ein Anflug von Sorge in seiner Stimme.

Lukas nahm Felix' Hände in seine.

«Aber ich habe erkannt, dass mein wahres Glück hier bei dir ist. In dieser Kleinstadt, in unserer Buchhandlung. Paris mag meine Kunst lieben, aber ich liebe dich, Felix. Und das bedeutet mir mehr als jede Ausstellung oder Anerkennung.»

Tränen glänzten in Felix' Augen.

«Bist du dir sicher, Lukas?»

«Absolut sicher», bekräftigte Lukas. «Ich möchte hier bei dir sein, unser Leben gemeinsam aufbauen. Was auch immer das bedeutet, was auch immer wir dafür opfern müssen.»

Felix zog Lukas in eine feste Umarmung.

«Das bedeutet mir alles, Lukas. Ich liebe dich so sehr.»

Als sie sich voneinander lösten, war in Felix' Augen ein Funkeln zu erkennen, das Lukas schon lange vermisst hatte.

«Lukas, seit du weg warst, habe ich
darüber nachgedacht, wie wir deine
Kunst hier in der Buchhandlung integ-
rieren können. Ich habe da einige
Ideen.»
Lukas' Augen leuchteten auf. «Erzähl
mir davon.»
Felix führte Lukas zu einem kleinen
Tisch in der Ecke der Buchhandlung,
auf dem Skizzen und Notizen ausgebreitet waren.
«Zuerst dachte ich an eine dauerhafte
Galerie für deine Werke hier. Wir könnten eine Wand nutzen, um eine Aus-
wahl deiner Bilder auszustellen. Ähnlich, wie wir es bei der Ausstellung hier
gemacht hatten, aber eben nicht nur
einmalig.»
Lukas betrachtete die Skizzen und
nickte.
«Das klingt fantastisch. Wir könnten
die Werke regelmäßig wechseln, um
immer etwas Neues zu bieten.»

«Genau», sagte Felix. «Und dann hatte ich die Idee, spezielle Abende zu veranstalten. Wir könnten Lesungen oder Diskussionsrunden organisieren, die zu den Themen deiner Bilder passen.»

«Das könnte wirklich etwas Besonderes werden», stimmte Lukas zu. «Meine Bilder könnten die Diskussionen inspirieren und umgekehrt.»

«Ich dachte auch daran, Workshops anzubieten», fuhr Felix fort. «Du könntest Kunstworkshops leiten, und ich könnte Schreibworkshops anbieten. So könnten wir unsere Leidenschaften teilen und andere dazu inspirieren, kreativ zu werden.»

Lukas beugte sich vor, seine Augen funkelten vor Begeisterung. «Das klingt unglaublich, Felix. Wir könnten so viel bewirken, nicht nur für uns, sondern auch für die Gemeinschaft.»

«Und schließlich», sagte Felix, während er eine weitere Skizze hervorholte, «habe ich an eine Art ‚künstlerisches

Schaufenster' gedacht. Wir könnten deine Kunst zusammen mit thematisch passenden Büchern präsentieren.»
Lukas nahm Felix' Hand.
«Ich liebe all diese Ideen. Es fühlt sich an, als würden wir nicht nur ein gemeinsames Projekt starten, sondern als würden wir unsere Träume und unsere Zukunft miteinander verweben.»
«Das tun wir», antwortete Felix, seine Stimme weich. «Lukas, mit dir hier, an meiner Seite, fühlt sich alles möglich an.»

Epilog:

In den folgenden Monaten verwandelte sich die Buchhandlung unter den gemeinsamen Bemühungen von Felix und Lukas in einen kulturellen Treffpunkt, der sowohl Kunst als auch Literatur feierte. Jeder Winkel des Ladens war nun ein Zeugnis ihrer Liebe und ihres kreativen Geistes.

Die Wand, die einst nur Bücherreihen beherbergt hatte, war nun eine lebendige Galerie von Lukas' Kunstwerken. Die Bilder, sorgfältig ausgewählt und platziert, ergänzten die Bücher in ihrer Nähe, schufen eine harmonische Symbiose von Farbe und Wort.

Besucher der Buchhandlung blieben oft fasziniert stehen, um die Kunstwerke zu bewundern, die ebenso viel über die Geschichten erzählten wie die Bücher selbst.

An den Abenden, wenn die Buchhandlung sich in einen Veranstaltungsort verwandelte, war die Atmosphäre elektrisierend. Lukas leitete Kunstworkshops, in denen er die Teilnehmer ermutigte, ihre Kreativität auszudrücken.

Felix führte Schreibworkshops durch, in denen er die Menschen dazu anregte, ihre Gedanken und Geschichten zu Papier zu bringen. Diese Workshops waren mehr als nur Lehrstunden; sie waren Zusammenkünfte von Gleichgesinnten, ein Raum für Inspiration und Austausch.

Die speziellen Themenabende, die sie gemeinsam veranstalteten, wurden schnell zu einem Highlight in der Gemeinde. Bei diesen Anlässen wurden Lukas' Bilder und ausgewählte literarische Werke zusammen präsentiert, was zu tiefgründigen Diskussionen und Austausch anregte.

Die Besucher schätzten diese einzigarti-
gen Erfahrungen, bei denen Kunst und
Literatur ineinanderflossen und neue
Perspektiven eröffneten.

Vielleicht am meisten begeisterte das
künstlerische Schaufenster die Passanten. Lukas' Kunstwerke wurden
zusammen mit thematisch passenden
Büchern präsentiert, was eine einladende und inspirierende Atmosphäre
schuf. Es war, als würden die Geschichten aus den Büchern durch Lukas'
Bilder zum Leben erweckt.

Inmitten all dieser Veränderungen und
Erfolge fanden Felix und Lukas in ihrer
Beziehung eine nie dagewesene Tiefe
und Stärke. Sie hatten die Herausforderungen der Vergangenheit überwunden
und eine Zukunft aufgebaut, die auf
gegenseitigem Respekt, Liebe und krea-
tiver Leidenschaft basierte.

Abends, nachdem eine Veranstaltung
beendet war und die letzten Besucher
die Buchhandlung verlassen hatten,

saßen Felix und Lukas oft zusammen, umgeben von Büchern und Kunst, und sprachen über ihren Tag. In diesen Momenten, in der Stille ihrer Buchhandlung, fühlten sie sich vollständig und zutiefst verbunden.

«Weißt du, was das Schönste an all dem ist?», fragte Felix eines Abends, als sie Hand in Hand im Schein der sanften Lampen saßen.

«Was denn?», erwiderte Lukas und sah ihn liebevoll an.

«Dass wir das zusammen geschafft haben. Dass wir trotz allem zusammen sind», sagte Felix, seine Stimme voller Emotionen.

Lukas nickte, ein Lächeln auf seinen Lippen.

«Ja, das sind wir. Und ich könnte mir kein besseres Leben vorstellen.»